sagt Lila

Chimo

sagt Lila

Roman

Aus dem Französischen von
Hinrich Schmidt-Henkel

Engelhorn Verlag
Stuttgart

Die Originalausgabe erschien 1996 unter dem Titel
„Lila dit ça“ bei Plon, Paris

Die Deutsche Bibliothek – CIP-Einheitsaufnahme

Chimo:
sagt Lila : Roman / Chimo. Aus dem Franz.
von Hinrich Schmidt-Henkel. –
Stuttgart : Engelhorn, 1997
Einheitssacht.: Lila dit ca ‹dt.›
ISBN 3-87203-249-6

Satz: Uhl + Massopust, Aalen
Druck und Bindung:
Graphischer Großbetrieb Pößneck GmbH, Pößneck
Printed in Germany
ISBN 3-87203-249-6

Über dieses Buch

Dieser Roman hat eine außergewöhnliche Geschichte, die mitgeteilt zu werden verdient. Der französische Verlag, bei dem er zunächst herausgekommen ist, erhielt das Manuskript von einem Rechtsanwalt, der es persönlich überbrachte. Der Autor, Chimo, der in diesem Manuskript seine Erlebnisse beschreibt, wünschte anonym zu bleiben. Und auch heute, lange nach dem ersten Erscheinen, weiß man nicht, wer sich hinter dem Namen verbirgt. Niemand im Verlag ist ihm je begegnet, niemand hat irgendwelche Informationen über ihn.

Das Manuskript bestand aus zwei roten Schulheften, wie es sie in jedem Supermarkt zu kaufen gibt. Es trug keinen Titel, die Wendung „Lila dit ça" stand in Großbuchstaben am Rand der siebten Seite. Sie erschien als Titel geeignet und wurde auch für die deutsche Ausgabe verwendet.

Die Handschrift Chimos war zum Teil nicht leicht zu entziffern. Für die französische Originalausgabe hat man sich darauf beschränkt, die Rechtschreibfehler zu korrigieren und, soweit zum Verständnis notwendig, auch die Zeichensetzung. Wir haben dieses in der Übersetzung nachvollzogen. Fragen ließen sich dem Autor nicht stellen, also war der Sinn einiger weniger Passagen nicht völlig zu erschließen. Sie wurden wie im Original belassen und im Einzelfall mit einer Fußnote versehen.

(ici c'est le début)

[en marge : elle s'arrête)]

~~elle me dit d'abord que~~

(elle commence par me dire ça :

— tu vois que j'ai le visage d'un ange que tout le monde me le dit. tu vois mes yeux qui sont doux et bleu, que tu peux donnerait jusque au fond de ta poche. [illegible] tu vois mes cheveux tellement blonds, elle dit ma tante que c'est comme si des [illegible] avaient chié de l'or rien que pour moi. ~~et~~ ma peau elle dit, ma tante [illegible] que c'est le paradis de Saint Laurent, celui-là ils l'on fait mourir sur un gril, alors elle dit ma tante qu'il aurait mérité de passer son éternité sur une peau comme la mienne. tu vois mes mains, qui sont fines blanches et douces, quand je les met l'une contre l'autre le Bon Dieu il est daccor sur tout.

[en marge : mal écrit — jamais jamais elle ne parle comme ça je suis pas puis débile]

elle se tait un moment elle baisse la tête, puis elle la relève après elle me dit :

— ma voix, je te parle, tu la connais elle est comme une cloche de batteme, elle dit aussi ma tante, [illegible] comme le vent dans une prairie au mois de Mai. Parce qu'elle parle comme ça ma tante, qui est moche comme un vieux soulié. Pire qu'elle en sait rien, [illegible] elle se maquille comme [illegible] l'entrée d'un park d'attractions. Trois heures tous les matins devant sa glace avec ses pinceaux, et puis après elle reste chez elle.

[en marge : Tu ... connais ? Je dis que non. — elle en sait rien alors]

[en marge : mal écrit]

je la connais un peu sa tante, je l'ai vue quand même un jour à sa fenêtre cassée au sixième étage elle queulait contre la terre entière. ~~elle queulait que si elle descendait on allait voir ça~~

après elle me dit (~~Lila~~) : tu vois mes bras tu vois mes jambes, elles sont comme ~~ci~~ ceci comme cela je me rappille plu ce que disait sa tante, si [illegible]

Ist „sagt Lila“ nun der erste Roman eines talentierten Anfängers oder das Werk eines erfahrenen Autors? Ist die so offen und mitunter recht drastisch erzählte Geschichte des neunzehnjährigen Chimo und der sechzehnjährigen Lila in der Vorstadt von Paris tatsächlich authentisch oder reine Erfindung? Einig war man sich in der französischen Presse zumindest darüber, daß hier, wenn nicht einer der bekannten Autoren, so doch ein großes literarisches Talent als Urheber gelten muß. Von einem „Kunstwerk“ (Le Nouvel Observateur) *ging die Rede, von einem Roman, der trotz seines Stoffes „nie in die Vulgarität“* (Le Figaro) *abrutscht, der Zeugnis ablegt „von der Gewalttätigkeit einer Gesellschaft, der die Idee der Liebe verlorengegangen ist“* (Le Monde).

Wie immer die Fragen um die Person des Autors einst beantwortet werden mögen, die verblüffenden Qualitäten des Buches haben uns bewogen, es zu veröffentlichen.

Sie bleibt stehen, sie fängt an zu reden, als erstes sagt sie:

„Schau mal mein Gesicht, ein Engelsgesicht, sagen alle immer. Schau mal meine Augen, sowas von rein und blau, für die würdest du alles geben, was du hast. Schau mal mein Haar, sowas von blond sagt meine Tante, als hätten Seidenraupen Goldfäden gekackt extra für mich."

Warum sie so mit mir spricht keine Ahnung. Dann sagt sie:

„Meine Haut sagt meine Tante ist wie das Paradies vom Heiligen Laurentius. Weil den Heiligen Laurentius, den haben sie auf einem Grill hingemacht, deswegen sagt meine Tante der hätte verdient, daß er die ganze Ewigkeit auf einer Haut liegen kann wie meiner. Schau mal meine Hände, so weiß und zart, wenn ich die falte, dann ist dem lieben Gott alles recht."

Sie ist einen Moment lang still sie senkt den Kopf dann hebt sie ihn wieder, dann sagt sie zu mir:

„Meine Stimme, die kennst du, ich red ja mit

dir. Die ist wie so ein Taufglöckchen, sagt sie, meine Tante, wie der Wind in einer Wiese im Mai, weil meine Tante, die ist sowas von häßlich da fallen dir die Augen aus. Häßlicher gehts nicht, kennst du sie?"

Ich sage nein.

„Und sie weiß es nicht, darum schminkt sie sich, die sieht aus wie der Eingang zu einer Jahrmarktsbude. Drei Stunden jeden Morgen vor ihrem Spiegel mit den Pinseln und danach bleibt sie zu Haus."

Ich kenne ihre Tante trotzdem ein bißchen, ich habe sie mal gesehen an dem kaputten Fenster im sechsten Stock und da hat sie die ganze Welt verflucht.

Danach sagt sie zu mir: „Schau mal meine Arme schau mal meine Beine, die sind so und so", ich weiß nicht mehr, was sie gesagt hat, ihre Tante, doch, aus den Beinen könnte man eine schöne Kette machen für den Heiligen Christophorus und Füße da könnte man übers Meer mit gehen. Füße, die nicht im Wasser versinken, weil immer nur die Sünden schwer sind und deswegen ertrinkt man.

So funktioniert die Welt für ihre Tante.

Da stehen wir beide beim Sandkasten, wo die Kinder um diese Zeit schon hoch sind ins Haus, du hörst die Fernseher alle gleich, jetzt fangen die Spiele an wie jeden Abend, alle träumen davon, daß das Glücksrad stehenbleibt und der Pfeil direkt auf sie zeigt, und dazu die Radios auf arabisch, das verstehe ich nicht so gut. Schau mal die Bäume bewegen sich nicht, als wären sie aus Beton und dunkel angemalt und da kommt der Typ, der als Aufpasser im Mammouth arbeitet, dem Billigsupermarkt, der kommt mit seinem Moped, hat er aus zweiter Hand, du willst fast die Feuerwehr rufen so qualmt das und der schleppt es jeden Abend über die Treppe bis in den dritten, damit es keiner klaut, wie ein Mountainbike im Hochhaus.

Da plötzlich sagt sie zu mir:

„Willst du mal meine Möse sehen?"

Ich sage gar nichts, weder nein noch ja, als hätte ich es nicht gehört sozusagen. Dabei ist klar, sie hat es gesagt, aber ich warte ein bißchen. Falls sie mich verladen will, ich passe auf. Ich bin keiner, der gleich aus dem Fenster springt, nur weil das Licht draußen schön ist.

Da fängt sie wieder an mit ihrer Möse:

„Meine Tante weißt du, die will sie jeden Morgen sehen und jeden Abend. Sie setzt sich davor und guckt sowas von lange, daß ich zuviel krieg. Und frieren tu ich außerdem. Und sie redet und klatscht dabei in die Hände. Daß das die Pforte zum Tal der Glückseligkeit ist, wo das Klima immer schön angenehm ist. Die erzählt mir Dinge, keine Ahnung wo sie die herhat, zum

Beispiel, daß da ein wunderbarer guter Geist drinsitzt und eines Tages explodiert der, wenn da nicht rechtzeitig der Dosenöffner von Ali Baba kommt."

Und dann dies und dann das. Die macht den ganzen Tag lang Gedichte über die Möse, diese Tante. Von wegen so eine kleine Kostbarkeit aus gekräuselter Seide, wo das Zünglein drin schläft und wo alles so schön prall und schön fest zusammengewachsen ist, daß die nie wer zerknittert. Nicht wie ihre alte plattgetretene Beule (also das sagt Lila). Von wegen so blond, daß man sie als Laterne nehmen kann, wenn man sich verirrt hat im Leben... Daß man ihr mit geschlossenen Augen folgen kann, rein nach dem Duft, immer weiter bis hoch an die Quelle, die die Organe jung hält. Daß sie ein Gebet ist ein Balsam eine Schatzinsel und eine Süßigkeit für Jesus Christus.

Und jetzt nervt sie mich schon zum zweiten Mal mit ihrer Möse. Vorhin erst eine Frage nur so, dann nichts mehr, als wäre es gleich wieder vergessen. Deswegen warte ich erstmal ab, mal sehen, was kommt. Ob sie sich wirklich was drauf einbilden kann.

Wundern Sie sich auch nicht (also wenn Sie das jetzt lesen), daß ich die ganze Zeit vom Heiligen Laurentius und so rede, wo ich doch fast direkt gegenüber vom islamischen Zentrum wohne. Weil ihre Tante ist Christin und sie sicher auch, also Lila. Warum Christin, keine Ahnung wieso, vielleicht um was Besonderes zu sein oder wegen der Familie. Die schlägt ein Kreuz, die Tante angeblich, wenn der Briefträger kommt. Die hat das Maul so voll mit Heiligkeit, daß sie dran erstickt. Ständig kommt sie mit dem Paradies und der Heiligen Jungfrau, von wegen der Name vom Erzengel Gabriel sei gepriesen wie sonstwas und der von den anderen auch außer dem Heiligen Paulus, den kann sie nicht riechen, weil der ist ein Macho, ein schlimmer, schrecklicher Fehler, daß sie den heiliggesprochen haben sagt sie.

Ich schreibe das alles hier auf, aber nicht ich rede über Religion, das ist die Tante von Lila. Erstmal habe ich mit Gott nichts am Hut, weil der hat mich irgendwann vergessen unterwegs, und außerdem den Gott da kenne ich sowieso nicht und die Heiligen auch nicht. Manchmal gibt es eben viel Geschrei und wenig dahinter, hat mein Vater gesagt, als er noch da war.

Und dann warum ist die Kleine nur so blond? Norwegerin kann sie nicht sein, soviel ist sicher, die fahren in den Ferien woanders hin. Lila ist die einzige Naturblonde in der ganzen Gegend, da kann ich wetten. So blond, daß es aussieht wie falsch. Mein Vater hat gesagt früher hat es künstliche Blonde gegeben, die sahen aus wie vom Teufel gefärbt, aber da hat der Islam jetzt Schluß mit gemacht, man muß die Arbeit Gottes respektieren, wenn du eine Häßliche bist oder ein Hinker, dann weiß er warum.

Oder aber sie färben sich eine Strähne heimlich unter dem Schleier oder manche sogar die Haare da unten damit sie wissen, sie wehren sich noch irgendwo.

Dann sagt sie:

„Keine Lust, meine Möse zu sehen?"

„Was soll das kosten?" frage ich sie.

„Zahl was du willst."

„Ich hab nichts."

„Ich weiß, daß du nichts hast", sagt sie. „Ich hab auch nicht von Geld gesprochen. Ich hab dich nicht gefragt, weil ich Geld will. Ich weiß genau, daß du nichts hast. Niemand hat hier was. Wenn ich dafür Geld wollte, würde ich woanders hingehen."

„Warum fragst du mich dann?"

„Einfach so, als Geschenk. Ich dachte, du hast vielleicht Lust drauf."

Wirklich, wenn sie redet, ist es, als würde in der Luft was kitzeln. Ich kann das nicht so gut sagen, Sachen die man nicht sieht, nur merkt. Ihre Stimme macht, daß sich alles rundherum bewegt und dabei spricht sie nicht laut. Sogar die Bäume, die aussehen wie aus Beton sind berührt, wenn sie spricht. Ihre Tante hat dem Briefträger das erzählt, sie sagt, das kommt, weil das ist die Stimme der Reinheit, das ist die Stimme, die in den Bächen singt und Kriege ausbrechen läßt.

Ich habe alles voll Notizen und jetzt versuche ich es ins reine zu schreiben. Ich habe gerade gesehen, ich habe das Heft verkehrtrum gehalten, den roten Strich rechts statt links. Aber jetzt schreibe ich nicht alles neu, zu spät, ich schreibe sehr langsam und gebe mir Mühe, daß keine Fehler reinkommen, ich beeile mich, aber ich weiß nicht, ob ich es irgendwann schaffe bis ganz zum Schluß. Unglaublich was für Zeit das braucht, so eine Arbeit, das hätte ich nicht gedacht. Ich habe noch nie ein ganzes Buch gelesen, und schreiben erst.

Also noch mal das mit den blonden Haaren und wie falsch das aussieht und wo sie herkommen soll mit dieser Farbe und diesen Haaren wie ein Weizenengel, obwohl ihre Tante, die hat graubraunes Haar mit ein bißchen bläulich, die behauptet, das kommt von ganz früher, manchmal liegt das vierzig oder fünfzig Generationen zurück und zack plötzlich kracht es einem vor die Nase und da kommt eine Blonde in einer Familie von Dunkelhaarigen, sogar die speziellen Wissenschaftler wissen nicht warum, das ist als würde plötzlich eines Morgens vor Haus H ein Mac Laren stehen.

Dann sagt sie:

„Soll ich sie dir wirklich nicht zeigen?“

„Warum willst du sie mir zeigen?“

„Hab ich dir doch gesgt. Weil ich heute abend Lust hab.“

„Sonst nicht?“ frage ich sie.

„Nicht unbedingt.“

„Und warum?“

„Weil du nicht der einzige bist, darum.“

„Dann hast du sie auch schon anderen gezeigt?“

Aber da antwortet sie nicht und fängt an was von Vanessa Paradis zu singen als würden die Wörter nur so vorbeischweben, sie braucht die Lippen gar nicht zu bewegen, nur einfach Wind mit Tönen.

Und klar, wo ich sehe wir sind allein und vielleicht heißt es heute abend oder gar nicht, sage ich ja, ja warum nicht, ja ich will sie sehen.

„Willst du lange oder nicht lange?“ fragt sie mich.

Ich verstehe nicht, wie sie das meint. Manchmal bin ich ein bißchen langsam.

„Lange oder nicht lange?“ wiederholt sie.

„Wo liegt der Unterschied?“

„Für nicht lange heb ich mein Kleid hoch, ganz kurz, ich hab nichts drunter. Lange ist auf der Rutschbahn.“

„Auf der Rutschbahn ist es auch nicht lange“, sage ich.

„Himmel!“ sagt sie, „du kannst einem vielleicht auf die Nerven gehen. Es ist umsonst, ich frag dich einfach so und du meckerst noch. Wo ich schon mal Lust habe mit dir, wenn nicht jetzt dann ist Sense! Wenn du dann scharf drauf bist, ist es mir egal, ich warne dich! Komm nachher nicht und jammere, die anderen haben gedurft und du nicht!“

Selbst wenn sie sauer ist, kann ihre Stimme dir nicht weh tun. Sie klingt eher wie ein wütendes Streicheln oder die Zunge von einem kleinen Hund, der lernt, daß das Leben hart ist. Außerdem schnauzen hier sowieso immer alle rum, sogar wenn sie nur guten Tag sagen wollen und wie läufts denn so bei dir. Hier läuft aber nie was, alles geht schief, ein Leben in kleinen nutzlosen Stücken, du hast keinen Plan nicht mal morgens für denselben Abend nie einen guten Plan, wenn du aufwachst, willst du nur bald wieder schlafen, hoffentlich ist bald wieder Nacht, na endlich, denn sonst hängst du sowieso nur rum und glotzt und hast kein bißchen Geld und nichts und nichts.

Ihre Möse zu sehen, die Idee auf einmal ist da wie das große Los oder wie eine Reise mit dem Schiff. Irgendwas. Mein Herz hat es mitgekriegt es ist eine Sonne geworden.

„Die Rutschbahn“, sage ich.

Ich weiß, daß andere Mädchen das auch schon

gemacht haben, aber kleinere. Ist sowieso eher was für Kinder. Später, wenn sie größer sind, trauen sie sich das nicht mehr. Falls mal ein Moslembruder vorbeikommt mit schwarzen Fingernägeln.

Ich bin neunzehn. Sie ist sechzehn oder bißchen drüber glaube ich. Wieviel genau weiß ich nicht.

Es ist schon Abend und keiner ist zu sehen. Bakary Ali, Petit Maurice und Grand Jo sind unterwegs in Sachen Bizness nach La Courneuve rüber. Ich hab was läuten hören von einer Ladung Heizdecken, die sie organisieren wollen, aber ich mach bei solchen Dingern nicht mit, manchmal sind sie sauer deswegen aber ich gehe trotzdem nicht mit.

Überhaupt kein Wind. In den Fenstern brennt Licht, aber draußen geht es, man sieht noch gut. Es ist Anfang Juni. Es hat nicht geregnet, seit zwei Monaten mindestens. Du denkst du atmest Luft, aber du kriegst nichts als Staub rein, sogar nachts.

Sie klettert die Rutschbahn hoch auf der Holzleiter und ich steh unten mit den Füßen im Sand, das heißt ich gehe etwas beiseite direkt davor, wo sie gleich runterkommt.

Sie setzt sich da oben ganz oben hin und sagt nichts. Sie lächelt mir zu. All das nur für mich. Sie hebt ihr Kleid hoch, das ist mehr so blaßblau (das habe ich noch nicht gesagt, sie trägt immer Kleider und auch das macht sie anders), aber jetzt sind ihre Beine noch zusammen und gerade und die Füße hat sie angezogen. Dann saust sie los mit geschlossenen Augen und in diesem Moment, das ist ihre Nummer, spreizt sie die Beine zu einem großen V und ich stehe da ohne zu atmen, und sie hat wirklich drunter nichts an, ich sehe direkt ihre Möse, die mich plötzlich anschaut und in die Kurve geht, blond und gelockt, das stimmt wirklich ich schwöre, wie die Spitze von den Papierfliegern, die die Kleinen in der Schule machen, nur nicht so grade, ohne Anfang und ohne Ende aber golden, das ist das Dreieck aus goldenem Nebel und es schießt durch die Kurve auf mich zu, ich seh nur das, den Stern drunter, wie lang dauert das? Solange wie man braucht, um Scheiße Scheiße verfluchte Scheiße zu sagen und dann kracht alles in den Sand. Jetzt muß man sicher alles abputzen. Ich möchte mich verwandeln, in eine kleine Bürste mit weichen Haaren. Hörst du mich dahinten? Hier bin ich, Herr Zauberer, machen Sie eine Bürste aus mir.

Aber es ist noch nicht vorbei, denn sie steht auf und klopft so auf dem blaßblauen Stoff rum mit gesenktem Blick, hübsch artig und hüsch sorgsam kommt sie zu mir durch den Sand mit ihren Beinen zum auf den Wolken tanzen und da, als sie ganz nah ist, bleibt sie stehen, sie hebt den Kopf und schaut mich an und sie sagt zu mir:

„Hast du sie gut gesehen?“

„Nein“, sage ich.

„Warum?“

„War zu schnell.“

„Das liegt an der Rutschbahn“, sagt sie mit ihren durchscheinenden Augen. „Nicht meine Schuld, ich habs nicht extra schnell gemacht. Langsamer gehts nicht, das weißt du doch, oder mich müßte wer mit einem Seil festbinden. Und außerdem, weißt du“, sie kommt noch etwas näher zu mir, „schnell ist viel besser.“

Ich frag warum, sie sagt:

„Sowas schaut man nicht lange an.“

Ich stehe da ich weiß keine Antwort. In so Momenten wie jetzt, da macht sie mich fertig, da sitz ich auf dem Trockenen. Meine Zunge ist voller Sand aus dem Sahel – kenne ich nicht, den Sahel, aber ich höre ja, was man hier so erzählt.

Also gut antworte ich nichts. Sie schenkt mir noch einen Augenblick lang ihre kleine weiße Unschuldsschnute, sie könnte einem alles rausreißen das schwöre ich, ihr kleines feines reines Gesicht, das du nicht anzufassen wagst, nicht mal mit einem Härchen, du siehst ein Himmelsgesicht, Liliengesicht, das von einer jungen Heiligen, so wie ich sie mir vorstelle.

In dem Moment da sagt sie zu mir:

„Du guckst dir mein Gesicht an?"
Ich sage ja.
„Gefällt es dir?"
Ich sage wieder ja.
„Gefällt allen", sagt sie zu mir, „aber hast du auch gut hingesehen? Bist du sicher, du hast gut hingesehen?"
„Ich glaub schon", sage ich. Aber es wird doch langsam ein bißchen dunkel.
„Hast du meinen Mund gesehen?" fragt sie (als wäre es gestern gewesen, wirklich).
Ich sage ja, sie sagt wieder:
„Na dann schau dir mal ein bißchen meinen Mund an. Hast du meinen Mund gesehen? Wirklich gut hingesehen? Hast du bemerkt, wie klein er ist?"
Ich sage ja, habe ich bemerkt.
„Unglaublich, was?" fragt sie ganz ernst, die großen Augen auf mich gerichtet, so blau daß du durchschauen kannst.
„Was ist unglaublich, was?"
„Daß ein so kleiner Mund einen so dicken Schwanz schlucken kann."
Sagt sie einfach so, genau so, ich erfinde kein Wort.
Ich sehe sie an und ich sage nichts. Ich glaube in dem Moment da atme ich nicht mehr. Aber ich sage nichts. Keine Ahnung ob ich überhaupt noch reden kann.

„Ich hab es selber nicht glauben können“, erklärt sie mir, immer noch auf demselben Fleck, „neulich hab ich im Spiegel zuschauen müssen, wie ich einen schönen Dicken lutsche. Mein Mund, also nicht wiederzuerkennen. Offen wie eine Tasche. Wie eine Schlange, die ein Lamm verschluckt. Und der Schwanz voll drin, manchmal bis an die Eier ran, wer weiß, wo ich den ganzen Platz herhatte, hat sogar eine Beule an der Seite gegeben, in der Backe. Elastisch, das Fleisch an den Lippen, wenn du es nicht siehst, glaubst du es nicht. Sogar noch mehr als wenn dus von hinten machst. Es dehnt sich, wenn du verstehst, was ich meine, weitet sich, wird so offen, daß du Angst kriegst. Ich seh mir gern beim Blasen zu. Es macht Spaß und ich schau mir dabei zu und das noch gratis. Gefühle macht das ich kanns dir nicht sagen, vor allem wenn es spritzt und mir schön warm über die Backen läuft und ich was mit der Zungenspitze auffange. Aber das Tollste, wenn ich mir das gönne, ist zu denken da spritzt ein kleiner Engel ab.“

Ich kenne sie kaum, nur so guten Tag guten Abend und noch ein paar Bemerkungen mehr. Da im Sand redet sie das erste Mal mit mir, alles mit ihrer singenden Stimme daß man ihr durch Dornen folgen würde, ihre Stimme die nie schuldig ist, die weh tut aber nicht mit Absicht, eine Stimme, daß man an Wunder glauben will, die den Start von Flugzeugen ansagt, die nie nie wiederkommen, in Flughäfen aus Leder.

Ich stehe da, ich zittere.

Obwohl sie es ganz sicher merkt.

„Wie heißt du?“ fragt sie mich.

„Chimo.“

„Und ich Lila, wie die Farbe. Chimo, wo kommt das her?“

„Weiß nicht.“

Jetzt steigt sie aus dem Sandkasten raus, sie schüttelt ihre weißen Schuhe aus wie die von einer Tänzerin und balanciert auf der Holzumrandung, pendelt vor pendelt zurück, einmal verliert sie sogar das Gleichgewicht, sie hält sich an meinem Arm fest und lächelt mir zu.

Ich bin nicht mehr da, ich weiß nicht wo aber ich bin nicht mehr da. Der Beweis: Jetzt schaut sie mich nicht mehr an. Schaut ganz zerstreut zu Haus F, dann zu C, dann zum Hochhaus. Es wird noch dunkler, drei, vierhundert Fenster um uns herum sind hell aber ihr Haar glänzt heller als alles. Sie wendet mir den Rücken zu, sie zeigt mir ihr Profil, ganz ohne den Kopf zu mir zu drehen, ich fühle mich so dumm wie Brot, die Nacht soll ihre Zähne zeigen und mich fressen und ihr Profil steht sauber umrissen im Licht. Ich weiß für so eine keine Worte. So eine wie Lila kannst du nicht Tussi nennen oder Mieze oder Fotze oder Braut. Paßt nicht zu ihr, ist nichts für sie, du kannst nicht mal sagen ein Mädchen. Sie ist einzigartig, man müßte ein Wort erfinden für sie ganz allein.

So und jetzt geht sie langsam weg, balanciert auf dem Holzrand, die Arme zur Seite gestreckt, die Hände lassen die Finger zur Erde runterbaumeln. Sie hat mich schon länger nicht mehr angesehen. Gibt es sie überhaupt oder mich, ich weiß nicht.

Sie geht weg und ich bleibe da.

Sie sagt diesmal nichts mehr zu mir.

Abends tu ich oft so als würde ich schlafen, dann stehe ich wieder auf und schreibe. Ich sitze in der Küche am kleinen Klapptisch, da stört mich keiner und ich habe Wasser zum Trinken. Manchmal auch tagsüber, wenn ich es nicht lassen kann, dann nehme ich meine Hefte, sage den anderen ich muß zum Arbeitsamt oder zum Arzt, einmal habe ich gesagt ich verdufte, ich habe jetzt die Nase voll und sie sollen mich nicht mehr suchen, und dann gehe ich wohin das kenne nur ich, eine Baustelle, die sie stillgelegt haben wegen der Korruption, da steht noch was von einem Haus von früher als es noch Häuser mit Kaminen und Dächern gab, nur die Fassade und ein Stück Eßzimmer haben sie noch nicht kaputtgeschlagen, es hängt sogar noch Tapete runter, Kirschen oder Pflaumen, und jede Menge Kupfer- oder Glasstücke im Schutt, auch eine völlig kaputte Tür, wer weiß was sie da drin gefressen haben und gefeiert, Gras steht auch so hoch, da staunst du, Gras, daß du dich fragst, wie das da wachsen kann, genau wie wir, Gras und Unkraut in den Ruinen sind meine Freunde, und da habe ich mir was gebaut zum Schreiben, Stapel aus Gipsstücken und alte Steine und noch ein Stapel, wo ich mich draufsetzen kann. Das ist mein Büro sage ich mir, da komme ich hin mit meinen Heften und Kulis außer wenn es regnet. Und auch nachts nicht, ich habe kein Licht.

Die Hefte sind Marke Clairefontaine, die habe ich im Supermarkt geklaut.

Schreiben kann ich nicht gut aber es macht Spaß, ich habe Lust.

In der Schule konnten die anderen nur immer schnauzen, gähnen, mit den Fingern knacken, furzen wie um die Wette, überall Schweinereien hinschreiben sogar mit in Scheiße getauchten Händen, Mouloud hat auch mal eine Knarre rausgeholt in der Klasse, die von seinem Bruder, oder sie behandeln die Pauker daß die manchmal weinend rausrennen, ich weiß noch meine Französischlehrerin wie die im Regen auf den Autobus wartete mit roten Augen, wenn sie mit dem Auto kamen, haben sie ihnen die Reifen zerstochen oder die Scheiben eingeschlagen, auch in den Fluren immer Geschrei, jedesmal haben sie den Feuerlöscher geklaut, dabei läßt das Ding sich total schlecht verkaufen, vielleicht war das saublöd sag ich mir die Schule nicht zu nutzen, nur an Krachschlagen denken an Stoff, wie man hier oder da einen Bruch machen kann, wo man ein bißchen Moos herkriegt, alles provisorisch, und so siehst du schon alt aus, wenn du rauskommst und hast keine Ahnung von gar nichts, aber auch von überhaupt null und nichts, und meistens kennen die Bullen dich schon, du wirst wie ein Schuft in die zubetonierte Natur gesetzt, Pennen keine Arbeit wieder Pennen, dann denkst du nicht mehr ans Krachschlagen und warum soll dir auch wer Arbeit geben, du kannst schließlich nichts.

Dazu fällt mir ein, mein Vater hat immer gesagt die Wände sind die Schreibhefte der Narren.

Ich habe es genauso gemacht wie alle anderen ganz genauso, habe cool getan ganz der Typ, der dazugehört, der die Geheimnisse des Lebens kennt aber alle, und dem es gräßlich auf die Eier geht daß er hier auf dem Arsch sitzen und sich so Scheißgeschichten anhören muß, von wegen wie die französische Revolution die Welt verändert hat, wo du dich doch fragst, in was für einem Elendsland die Leute denn vorher gelebt haben, und von wegen das Licht besteht aus Wellen und Teilchen zugleich, da kann ich mich dran erinnern weil das hat mir nie wer erklären können, jedenfalls was sollst du dir davon groß kaufen, lauter Zeug das zu nichts nutze ist, nur zum Quasseln und außerdem kannst du es nicht verstehen weil du kannst es nicht fassen und vor deinem Vater haben sie das auch schon versteckt.

Aber trotzdem Französisch und die Aufsätze das fand ich wahnsinnig, hab ich nie einen von verpatzt, hab sogar immer länger geschrieben als die anderen, mein Kuli lief wie ein Fliegenschwarm über das Papier, ich war nie pünktlich fertig und die Paukerin mit den roten Augen hat mich zwar angeschnauzt wie Hitler wegen meiner Rechtschreibung, war übrigens nicht so schlimm wie die von den anderen, und daß ich so verdreht schreibe sagte sie immer mit so Seufzern wie wenn man einen dicken Luftballon auf einen Nagel wirft, aber trotzdem hat sie mir oft gute Noten gegeben und zwei drei Mal war ich Bester. Einmal hat sie gewartet und wollte nach dem Unterricht mit mir reden, erst hat sie gesagt so und so, sie staunt immer wieder, wie ich schreibe und daß ich vielleicht mal was draus machen soll, aber was, das habe ich nie erfahren weil da sind meine Kumpel wiedergekommen mit Geschrei in dem Moment und haben Schleimer gerufen und Mamis Liebling, Fotzenlecker und Stecher, da hat sie mich stehen lassen und nie wieder so ganz unter uns was zu mir gesagt.

Ich glaube das ist wirklich schade weil diesen Spaß daran hab ich immer noch, jetzt wo ich älter bin, jetzt heimlich und ganz allein, ich merke daß der Kuli langsamer läuft daß ich schwach bin, ganz klar, in Wortschatz und Grammatik. Sogar mit den Ideen ist es schwer, in der Schule hat die Lehrerin einem wenigstens schon mal das Thema gegeben aber hier mußt du dir alles selber ausdenken. Hart wie der Knast so die Wörter hinschreiben eins nach dem anderen, in der Küche oder in meiner Ruine, damit am Ende was draus wird. Ich denke mir, au ja das erzähle ich jetzt mal und ich rase los wie hinter einem Dieb her aber es entwischt, also fang ich mit was anderem an, aber das rutscht mir auch aus dem Kopf und fertig. Ich fühle mich zu allein zum Schreiben vor allem wenn es bockt und nicht aufs Papier will, dabei ist es irgendwo schon da, überall in meiner Haut und anderswo vielleicht auch, ich weiß nicht wo genau, unmöglich festzustellen, wie eine Entzündung als würde es jukken, du willst dich kratzen dagegen aber nein, es ist schon wieder weg, du rennst und rennst, einmal hab ich im Fernsehen einen Clown gesehen der hat versucht ein Stück Seife zu fangen, aber die Seife ist ihm aus der Hand gehüpft wie ein Frosch und immer so weiter genauso bei mir, meine Türen sind immer offen und mein Herz ist wie in einem Luftzug, Gefühle machen mir Gänsehaut wie Sonne im Winter, ich weiß nicht ganz was das ist, es kommt mir so schön vor wie der Himmel aber wenn ich es aufschreibe ist alles nur noch wie lauwarmes Wasser.

Auch darum ist Lila ein Segen, ich rede schon wie ihre Tante, sie ist das große Geschenk des gütigen Himmels, ich habe ja gesehen wie die Szene mit der Rutschbahn glatt gelaufen ist beim Schreiben, ich sitze da, ich höre und ich schreibe immer leichter sogar, je weiter ich schildere, es geht auch weniger holprig, ich brauche mir nicht mehr die Fingernägel zu zerbeißen um nach Wörtern zu suchen, ich bin jetzt ein Aufnahmegerät, ich nehme auf was Lila sagt.

Einmal bin ich in meiner Höhle gewesen, vor Lila meine ich, da kommt eine Göre an so sieben oder acht rum, mit Zöpfen und dicker Brille auf der Nase und einem leeren Käfig in der Hand, sie kommt rein und sie sieht mich und sie erzählt mir sofort, daß sie traurig ist, ihr Hamster ist weggelaufen, Léon, und sie sucht ihn überall, die Hunde werden ihn fressen oder die Ratten die sind hier so fies, und ob ich ihn nicht im Schutt gesehen habe wie er krabbelt. Ich sage nein, aber wenn ich ihn sehe, dann fange ich ihn, klar. Sie will gehen die Kleine, da schaut sie mich an durch ihre dicken Gläser und fragt mich neugierig, was ich da mache. Ich sage ich schreibe. Da rümpft sie die Nase und sagt ganz von oben (ist eine Gallierin): „Wie kannst du hier drin schreiben, hier ist es doch dreckig“, macht eine Fratze und verzieht sich, vergißt Léon, interessiert sich nicht mal für das, was ich schreibe.

Ich und dreckig, na gut, aber ich weiß nicht genau was das ist, in der Siedlung stinkt es überall, nach Pisse sowieso, die Leute werfen Abfall ins Treppenhaus und aus den Fenstern, kann man sehen wie sie an dem Ort hängen, und Vorsicht, nie dicht an den Häusern langgehen sonst kriegst du einen alten Kühlschrank aufs Hirn oder Abwaschwasser oder Scheiße weil die Spülen verstopft sind und die Scheißhäuser auch, unglaublich wie schnell bei uns das Zeug verkommt, die Fahrstühle zuerst, sind immer defekt, den Mechanikern stinkts, bald kommen sie gar nicht mehr und die Alten müssen die Treppe hochkriechen mit ihren Paketen, deswegen bringen sie auch den Müll nicht runter.

Das Zeug was da runterfliegt genauso, das nimmt keiner mehr weg, nur so dreimal pro Jahr ungefähr da kreuzt ein Trupp Pakistanis und Afghanen auf mit Hämmern und Schraubenziehern und manchmal sogar einem Schweißbrenner, die kommen und holen, was sich noch lohnt, Bolzen Drähte Bretter, sogar leere Minen von den Kugelschreibern aus Plastik, da basteln die scheinbar Radios und andere Dinger draus, für die ist alles gut, die plündern, wir sehen ihnen zu und lachen, sie reden sehr schnell in ihrer Sprache von sonstwo und sie haben einen Lieferwagen der wackelt als hätte er Angst vor allem, was sie nicht mitnehmen bleibt liegen und verrostet vergammelt an Ort und Stelle, von Flöhen und Läusen gefressen, dem ganzen Kroppzeug. Jos Vater sagt sogar er hat Möwen gesehen aus Le Havre an manchen Tagen, wo der Wind günstig steht, die kommen und helfen beim Aufräumen.

Ich höre jetzt auf für heute, ich hab den Hamster Léon nicht gesehen, ich weiß nicht mehr, was ich sagen soll.

Ich komme bei Mammouth raus mit zwei weißen Plastiktüten, meine Mutter hat mich einkaufen geschickt, es ist Dienstag und ich höre Lilas Stimme, die mich ruft: „Hallo!“ Sie kommt auch gerade raus durch eine andere Tür, sie schließt das Schloß von ihrem Fahrrad auf, es ist ein Herrenfahrrad fällt mir auf, und sie sagt:

„Willst du nach Hause?“

Ich sage ja ich will nach Hause.

„Und wie?“

„Ich reite“, sage ich ganz ernst.

Sie weiß genau, ich gehe zu Fuß, weil ich nichts anderes habe.

„Wenn du trittst“, sagt sie und zeigt auf das Rad, „setz ich mich auf die Stange und wir fahren zusammen.“

„Und was ist mit den Tüten?“

„Eine tun wir auf den Gepäckträger, die anderen hängen wir an den Lenker. Schaffen wir schon. Na was ist?“

Klar fände ich das gut. Die Häuser sind mehr als eineinhalb Kilometer weit weg, ich hab die

Entfernung oft genug hinter mich gebracht bei Sonne und bei Regen. Und außerdem mache ich mir nichts vor, ich bin schon ganz schön scharf drauf, mit ihr zusammen zu sein.

Wir machen es mit den Mammouth-Tüten wie sie gesagt hat, eine auf jeder Seite an den Lenker für das Gleichgewicht, die dritte hinten gut festgezurrt. Ich setz mich mit dem Hintern auf den Sattel und hopp ein leichter Satz da sitzt sie schon quer auf der Stange und sagt los, fahr zu. Ich schiebe an, erst wackelt es schlimm, Lila schreit oh ich hab Angst ich hab Angst aber sie lacht sich halbtot. Ich tret rein was ich kann, fahr zu Chimo sagt sie nochmal, im Zickzack über den Parkplatz so sehr daß eine Alte kreischt daß wir spinnen, aber langsam komme ich in den Rhythmus und ab gehts über die Nationalstraße und dann in die Avenue Émile-Zola.

Sie krallt sich mit beiden Händen an den Lenker, ich habe ihr Haar direkt unter der Nase, habe es nie von so nahem gesehen, so fein daß man es nicht sagen kann, wie Goldgräser in den Zaubermärchen, ich singe mir Wörter vor mit leiser Stimme, sie hat eine Goldwolke auf dem Kopf, ich atme und die Wolke löst sich auf und dann bildet sie sich wieder ein bißchen anders, ich sehe die Straße und die Autos über diesen traumhaften Schaum weg, und weiter unten manchmal wenn sie sich ein bißchen bewegt, oder in den Kurven, da sehe ich die Grübchen an ihren Schultern und den Ausschnitt von ihrem Kleid und dadrin zwei Eier dicht beieinander, sie zittern ein bißchen aber ohne kaputtzugehen, nichts da drin um sie zu halten, schön wie die Schönheit, so zart daß mans mit bloßem Auge sieht, wenn ich ein Insekt zwischen diesen beiden Dingern wäre, würde ich sterben wollen.

Ob sie weiß was sie mir da zeigt, ja klar, natürlich weiß sie es. Ich kann nicht sagen, woher sie es weiß, ist eben typisch weiblich, aber sie weiß es, außerdem wollen die Mädchen oft was zeigen, vor allem wenn es häßlich ist, sie kommen an mit dem Rock bis hoch zum Arsch und mit Schnürstiefelchen und nachher sind sie überrascht, wenn sie im Keller vergewaltigt werden.

Manchmal reden die Gedanken miteinander und das ist komisch. Nach den Eiern denk ich an die Schenkel weiter unten, nach den Schenkeln an ihre Möse, und in dem Moment als wäre ich ein offenes Buch sagt sie zu mir:

„Weißt du noch, ich hab sie dir gezeigt!"

„Was?"

„Komm, du weißt genau was. Weißt du noch auf der Rutschbahn?"

„Hmmja."

Sie dreht sich halb zu mir und ruft mir die Worte so durch die Luft über der Straße zu.

„Denkst du manchmal dran?"

„Ja, ich denke dran", sage ich.
„Oft?"
„Kommt drauf an."
„Einmal pro Tag oder öfter?"
„Ungefähr so einmal pro Tag."

Diesmal legt sie den Kopf richtig in den Nakken, um mir direkt in die Augen zu sehen, er berührt meinen rechten Arm, ich seh sie fast kopfüber, und sie meint:

„Willst du sie nochmal sehen? Sag schnell."
„Oh...", sag ich.
„Oh was?"
„Wenn du willst."
„Ob ich will ist doch egal", sagt sie. „Wenn ich es dir anbiete, dann will ich ja wohl. Aber du, willst du sie nochmal sehen?"
„Ja."
„Wann?"
„Weiß nicht wann."
„Jetzt gleich?"

Ich verstehe nicht was sie meint, ob sie denkt hier auf dem Rad oder was. Ich sage nichts.

Sie redet weiter mit ihrer Stimme die halb von der Straße geschluckt wird.

Sie sagt zu mir:

„Jetzt sitzt sie direkt auf der dicken Stange."

Ich wünsche mir daß sie aufhört und nicht weiterredet, weil ich bin ziemlich schüchtern das ist mir peinlich so mitten auf der Straße, ich habe Angst daß sie weiterspricht, also frage ich sie:

„Wem gehört das Rad?"

„Einem Kumpel", sagt sie. „Der leiht es mir."

„Was für ein Kumpel?" frage ich.

Aber sie hat es nicht gehört sieht jedenfalls so aus, sie redet weiter und dreht mir dabei die ganze Zeit den Kopf zu:

„Ich hab mich extra so hingesetzt, daß mein kleiner Kitzler direkt auf der Stange sitzt, jedes kleine Rumpeln tut mir sowas von gut, stell dir das mal vor, als würde die Straße mich anfassen." Dann zwei drei Wörter die ich nicht richtig höre, dann: „Männer können sowas nicht verstehen, die Bewegungen der Natur, Frauen sind da anders die folgen dem Himmel, die Regel und all sowas, wie kleine Planeten."

Bei jedem Stoß macht sie hm hm mit geschlossenen Augen.

Ich versuche über glatte Stellen zu fahren, sie geht mir auf die Nerven.

„Außerdem dieses dicke steife Ding unter mir na also wirklich."

Ich halte mit Absicht den Mund.

Schließlich kenne ich sie ja gar nicht, das ist gerade das zweite Mal daß wir uns so allein sehen.

Und dann noch:

„Ich kann sie dir zeigen, weißt du. Brauchst

nicht mal stehenzubleiben. Glaubst du mir nicht?“

Ich antworte nicht.

„Fahr mal ein bißchen schneller“, sagt sie, „und dann hör auf zu treten dann wirst du schon sehen.“

Ich tue was sie sagt, beschleunige, in dieser Richtung geht die Avenue Émile-Zola etwas bergab, dann halte ich die Beine still. Da stellt sie sich mir auf der einen Seite auf den Fuß, mit einer Hand hält sie sich am Lenker fest wie eine Zirkusakrobatin, das Rad neigt sich aber ich fange es auf, es rollt noch immer, sie drückt das Bein kräftig durch auf dem sie steht und mit der anderen Hand hebt sie sich den Rock hoch und sagt:

„Schau hin.“

Ich kann nicht anders als hinsehen, man müßte bescheuert sein um nein zu sagen und ich sehe sie, ich sehe sie gleich da drunter, wenn das jetzt eine Landschaft wäre, dann wäre es wie ein kleiner Sommerwald der sich unten an einem Hügel versteckt oder wie eine Handvoll blonder Blätter die in einem Bach abwärts sausen, ich weiß nicht genau wie ich das ausdrücken soll, die einzigen Bäche die ich gesehen habe waren im Fernsehen, hier haben sie sie unter der Erde versteckt, etwas das man nicht sieht aber ahnt, dieser Pelz, dieses Gebüsch meine ich, ganz ruhig, nie würde man die breite rote Spalte weiter unten vermuten die einem ein bißchen Angst macht, die sie mir auf der Rutschbahn gezeigt hat, die ich ja auch schon bei anderen gesehen habe, schon drei viermal aber nie so hell. Von oben gesehen sind das nichts als unschuldige Haare, kein Grund zur Sorge, kein Abgrund keine Gefahr, noch nicht.

Da läßt sie das Kleid wieder runter und sagt:

„Hat dir das jetzt auch gefallen?"

„Ja", sage ich, „nicht schlecht."

„Aber auf der Rutschbahn hast du es besser gefunden?"

„Ist nicht dasselbe."

„Ich kann dir noch was zeigen", meint sie.

„Was?"

„Laß mich treten, dann wirst dus sehen. Ganz was anderes."

Weil ich nicht verstehe sagt sie ich soll gut auf das Gleichgewicht achten, dann schwingt sie sich ganz leicht über den Rahmen, das rechte Bein auf die rechte Seite, hält sich immer gut am Lenker fest, ich lasse die Pedale los und sie fängt an reinzutreten, um das Fahrrad wieder in Schwung zu bringen, direkt da vor mir, sie macht alle Arbeit allein und schnauft ein bißchen und ich höre wie sie zwischen zwei Schnaufern zu mir sagt:

„Heb mein Kleid ein bißchen hoch und schau dirs an."

Immer zögere ich ein bißchen wenn sie mir sowas vorschlägt und ich weiß genau, ich tu es trotzdem, also hebe ich mit einer Hand vorsichtig das Kleid an, mit der anderen halte ich mich am Rand vom Sattel fest und ich sehe was ich noch nie gesehen habe, einen Mädchenhintern bei der Arbeit, die Schenkel stampfen ordentlich, die Möse in der Mitte wird zur einen Seite gezogen dann zur anderen aber fast zu ist sie trotzdem und geschützt, und gleich darüber den Stern von ihrem Hintern, der hat natürlich auch schwer zu arbeiten, so sehr daß er sogar einen kleinen Furz läßt, da muß Lila lachen trotz der Anstrengung und dann sagt sie zu mir:

„Lehn dich zurück, dann siehst du besser."

Sie hat recht ich weiß es vorher und wirklich, wenn ich den Oberkörper nach hinten biege und die Beine gradeaus strecke für das Gleichgewicht, dann sehe ich im Dunkeln unter dem Kleid alles was da radelt, Schenkel und alles, mit dieser Art geschlossenen Lippen die so ein bißchen hängen, dicker als man denken würde von vorn gesehen, da sind sie mittendrin, sie rahmen den Eingang zum Tempel der knallig himbeerrot ist.

„Geht's?" fragt sie mich, „hast du es gut gesehen?"

Ich sage nichts, ich muß noch hinsehen. Ich habe das noch nie gesehen und vielleicht sehe ich es auch nie wieder. Das sage ich mir immer wenn was Besonderes passiert, das ist nicht oft. Und jetzt sehe ich das hier: die kleine Weltmaschine.

„Ich bin müde, tritt du weiter."

Wir wechseln wieder, sie schwingt das Bein auf die linke Seite zurück, tschüß der Anblick, sie setzt sich zurück auf den Rahmen wie vorhin und verschnauft, sie hustet ein bißchen, sie macht oh und ah und dann sagt sie zu mir:

„Hast du es gemocht?"

„Hmmja", sage ich.

„Ein bißchen? Sehr?"

„Sehr."

„Weniger als auf der Rutsche oder mehr?"

„Mehr", sage ich.

„Das habe ich noch nie mit jemand gemacht. Habe ich eben erfunden. Aber hat mir auch gefallen. Irgendwann mache ich das mal wieder."

Da hat sie noch eine Idee und sie sagt:

„Willst du sie anfassen?"

Ich tu so als würde ich ein bißchen nachdenken, während ich schlapp weitertrete, über diesen neuen Vorschlag. Wir kommen jetzt in die Siedlung, Gras in Sicht, na ja, was so vom Gras übrig ist, wie ein grüner überall zerrissener Stoff. Wie ich da jetzt anfassen soll das kann ich mir nicht*

---

* Im Manuskript unvollendet gebliebener Satz.

„Fahr einfach ein paar Runden wenn du es nicht eilig hast", sagt sie zu mir mit dem Atem auf der Schulter, „und dann faßt du mich an, wenn du willst. Ich steh einfach ein bißchen auf das ist ganz leicht, das hab ich schon oft gemacht, auf dem Motorrad auch."

Ich kreise um die Häuser, nur nicht um meines, damit wir meiner Mutter nicht begegnen oder den Jungs, ich sehe sie da ganz hinten aber sie uns nicht glaube ich. Sie stellt sich also wieder wie vorher hin mit einem Fuß auf meinem und ich lasse wirklich mit der linken Hand los, unsere Nummer wird immer perfekter ich hoffe man sieht wenigstens die Figur gut, muß das mal Bouglione zeigen für die Silvestergalas, und ich krieche mit der Hand wie ein Tier auf der Jagd mitten rein ins gelbe lockige Gras, aber diesmal ohne hinzusehen und faß auch nur gerade rechts und links die Spitzen von den Haaren an, aber da sagt Lila ohne zu lachen, richtig ernst wirkt sie sogar:

„Da bist du ja erst beim Pelz. Kannst ruhig weiter reingehen, wirklich."

Ich gehe tiefer rein immer tiefer, das Gelände wirft Falten, spaltet sich, ich fühle die kleine Zunge in der Mitte, sie zittert überall wenn ich sie so berühre, jetzt weiß ich nicht mehr soll ich nach rechts oder nach links, ich zögere, tiefer rein sagt sie wieder ja da steck den Finger rein, steck ihn rein, ich fühle Fleisch das beiseiterutscht und sich öffnet, ich krümme meinen Finger ein bißchen und schiebe ihn rein und er geht rein als würde er das Loch selber graben, alles ist wie voll nasses Moos, naß und auch warm und Lila meint zu mir mit ihrer Stimme die rauh ist als wäre sie traurig:

„Ja, ja so ist es gut, steck ihn schön tief rein, ganz bis zum Ende, zum Ende, ja reib ein bißchen, ja da du wichst mich du Schwein du Schwein."

Ich tu genau was sie mir sagt, alle Fenster der Siedlung haben Augen auf uns denke ich, andererseits ein schöneres Gefühl habe ich noch nie gehabt, das sage ich mir jetzt hier in meinem eingerissenen Eßzimmer wie ich das schreibe. Du kannst dir die Birne zerbrechen damit die Wörter auch nur ein Prozent von dem bringen was du in so einem Moment gefühlt hast, Kopf und Hand vollkommen ohnmächtig, denn dazu gibt es da noch die Träume, alles was durch den Kopf geht, schnell und schnell, ihre Stimme die Haare die Art so hastig zu atmen, du denkst an Sachen, die du gar nicht mal kennst, das ist das Geheimnis, Bilder kommen dir hoch du weißt nicht woher aber es tut gut, es ist ein Glück das da vorbeikommt, du mußt es im Fluge fangen wie eine Fliege, genauso leicht nur schwieriger, es ist sofort vorbei und nachher zum Erinnern brauchst du Stunden und es tut weh. Beweis: In meinem Büro in der Ruine mache ich einen Entwurf nach dem anderen, ich streiche weg und fange wieder an und es wird einfach nicht besser.

Was ich leichter sagen kann die komische Seite an dem Ganzen, das ist daß das Fahrrad langsamer wurde weil ich ja nicht mehr trat, und daß Lila weil schließlich war sie im Kopf nicht völlig verrückt mir sagt paß auf wir fallen um. Sie nimmt den Fuß weg, setzt sich wieder auf den Rahmen, klar nehme ich da die Hand weg, ich trete vier fünfmal in die Pedale und ich sage zu ihr:

„Machen wir noch eine Runde?"

„Du kommst auf den Geschmack, was?"

„Und du?" frage ich sie.

„Mir tut der Hintern ein bißchen weh", antwortet sie, „aber es geht."

Ich lasse links los und will die Hand wieder da reinstecken wo es vorher so schön war, aber jetzt dreht sich Lila zu mir um, schaut hoch aus diesen Augen wo ich nicht anders sagen kann als das sind Engelsaugen, Morgenaugen und Himmelsaugen, und sie fragt mich einfach so:

„Hast du einen Ständer?"

Als würde sie mich fragen: Regnet es, hast du Durst, willst du die Hälfte von dem Kaugummi?

Ganz natürlich, immer ist sie so, ganz einfach.

Ich zucke mal so ein bißchen mit den Schultern, Petit Maurice sagt immer bei Frauen und Polypen darfst du nie was gestehen, ich passe auf daß ich nicht direkt antworte, als würde die Frage, na und dann ihre Tante, eigentlich ist sie mir nicht so peinlich, daß ich nicht wüßte was ich sagen soll.*

Sie fragt mich nochmal anders:

„Kriegst du keinen Ständer?"

Und da glaube ich auch wieder besser ich antworte nicht.

Da läßt sie mit der linken Hand los, greift hinter sich, ihre ultrablauen Augen immer noch auf mir, und sie faßt mir gleich durch den Jeansstoff an den Schwanz, direkt dahin ohne erst zu suchen, mein Schwanz der steif ist wie die Sünde na ist doch klar, steif und unglücklich in seinem Gefängnis aus grobem Stoff, sie spürt die Beule und sagt zu mir:

„Hätte mich auch gewundert."

Sie lächelt, so lächelt keiner nur sie.

Sie nimmt das Ende zwischen vier Finger wie wenn man was anfaßt um es loszuschrauben, und sie fängt an mich zu streicheln, wir machen noch eine Runde durch die Siedlung, man könnte glauben sie wollte ihn mir schleifen, ihn spitz zufeilen und dann plötzlich sagt sie zu mir:

---

* Passage mit sehr vielen Streichungen, Wort für Wort wiedergegeben.

„Dem muß es da drin doch schlechtgehen. Soll ich ihn rausholen?“

Stimmt, manchmal denke ich an meinen Schwanz und sage mir der ist verurteilt im Dunkeln zu leben weit weg von der Sonne, lebenslänglich ohne Hoffnung, was hat er verbrochen fragt er sich und vielleicht war das noch anders am Beginn der Welt, daß die Schwänze und Mösen und Ärsche nackt rumlaufen konnten bei Sonne und bei Regen und auch bei Wind, vielleicht ist das ja das verlorene Gefühl das die aus dem Norden im Sommer bei uns suchen wenn sie FKK machen, hinter Zäunen leider wie alle, wie in Lagern daß man fast das Rote Kreuz hinschikken will.

„Willst du?“ fragt sie schon wieder.

„Was?“

„Daß ich ihn raushole.“

„Geht hier nicht“, sage ich.

„Wetten?“

„Nein.“

„Steh mal ein bißchen auf, dann wirst du schon sehen.“

Ich widersetze mich im Namen von weiß nicht genau was, bin eben so vom Temperament her keiner der sich aufspielt, keiner der das Maul aufreißt oder auf die Straße pinkelt, sogar wenn es dringend ist nicht.

„Das schaffst du nicht“, sage ich.

„Wirst schon sehen."
„Meine Jeans sitzt zu eng."
„Hast du Angst oder was ist?"
Das Argument zieht immer. Außerdem verspricht sie mir leise daß sie dicht an mich heranrückt, mich mit dem hochgehobenen Kleid verdeckt, keiner wird was sehen dabei ist es um Mittag rum.
Ich mache geradeaus auf Tempo, vor ihrem Haus wo sie wohnt lang und ich stelle mich hin wie sie gesagt hat. Geschickt und schnell zieht sie den Reißverschluß auf, ihre kleine weiße Hand schiebt sich rein wie fünf Aale, ich hab einen stehen daß es weh tut, wirklich nicht leicht die Unterhose wegzuziehen, es tut mir ein bißchen an den Dingern unten weh aber dann endlich ist es soweit ihre Hand faßt sanft zu, noch nie in meinem Leben, mein Schwanz der eben noch reingeklemmt war klappt blitzschnell auf, hallo frische Luft, klar hat er nur das gewollt daß man sich um ihn kümmert wie so ein Alien der aus dem Körper eines Mannes rausschießt, ich erkenne ihn nicht wieder das da gehört nicht zu mir, dieses Stück Fleisch das sich bewegt ein Drängen ein Leben ein Zerplatzen, das ist ein Ding das fordert.
Lila sagt zu mir:
„Siehst du was für Lust er hat."
Dann fängt sie mit ihren fünf Fingern an ihn

mir zu reiben ich kann kaum glauben wie, hin, her, sie schaut heimlich mal hin, und ihr Lächeln über die Schulter weg, sie macht einen Kreis mit ihren Fingern wie einen Ring aus Fleisch und wichst drauflos, einmal nimmt sie sogar die Hand weg und steckt sich die Finger in den Mund damit es nasser ist. Sie fragt mich ob es gut ist, ich bin nicht imstande zu widersprechen, ich antworte nicht wie soll ich jetzt noch reden.

Im Vorbeifahren sehe ich den Malier aus dem Haus C den Großen mit seiner Sonnenbrille immer, er kommt auf Rollschuhen vorbei, fährt seine Katze spazieren wie jeden Tag eine Stunde, hat den rechten Arm gerade vor sich in einer Schlinge mit angewinkeltem Ellbogen, da liegt die Katze drauf, Augen zu in aller Ruhe. Sie sind schnell vorbei und merken nichts, der Malier sieht die Welt nur durch seine Katze und wenn er sie spazierenfährt redet er mit ihr und singt was für sie ganz leise auf bambara.

Sie schließt die Hand um mich fester und sagt:

„Ich würde dir ja gern einen blasen aber auf dem Fahrrad geht das nicht."

Als wüßte sie worüber sie da spricht.

Dann fügt sie mit ganz leiser Stimme hinzu:

„Du kannst gern abspritzen das ist nicht verboten. Ich mach daß du kommst, ja?"

Und dann ein bißchen später:

„Paß trotzdem auf daß wir nicht aus dem Gleichgewicht kommen."

Sie wird langsam schneller, jetzt nur noch mit drei Fingern. Ein bißchen tiefer als wo der Magen sitzt fängt was zu ziehen an und bald danach geht es mir ab, hundert Meter hinter dem Campana klatscht es aus mir raus wie ein Taubenei auf eine Windschutzscheibe, ich leere meinen ganzen Genuß in ihre Hand aus die sie um meine Spitze geschlossen hat, sie hilft mir noch ein bißchen mein ganzer Körper geht weg, ich bin nirgends mehr Genuß und Glück ist dasselbe, ihre Stimme sagt ganz fern noch was von Gleichgewicht und Fahrrad, angeblich setzt das Herz dabei einen oder zwei Schläge aus wie wenn man niest, ich hab wohl öfter ausgesetzt sogar meine Augen haben sich geschlossen, ich spüre wie Lila noch ein bißchen an mir zieht um mich gut auszuleeren, dann schüttelt sie die Hand damit das Zeug runterfällt, sie schaut mich fröhlich an und lutscht den Rest von meiner Sahne ab der ihr noch an den Fingern klebt, schaut mich dabei immer durch ihre Haarsträhnen an, ich weiß nicht macht sie sich lustig, sie schleckt einen Finger nach dem anderen ab genießerisch dann fragt sie ob es mir gefallen hat und ich sage ja.

„Ich stecke ihn dir wieder rein", sagt sie.

Und das tut sie, tätschelt ihn sogar bevor sie

den Reißverschluß hochzieht mit den Fingerspitzen und er ist noch ganz steif und läßt sich kaum reinbiegen, und dann sagt Lila:

„Schau mal, wir sind vor deinem Haus. Du solltest absteigen."

Ich hatte sogar vergessen daß wir auf der Erde sind und mein Atem ist ziemlich durcheinander. Vorsichtig bremse ich, sie steigt leichtfüßig ab, ich auch ich stelle mich hin, ich nehme meine Tüten und ich halte ihr das Rad hin. Mich nervt die Idee daß ich was zu ihr sagen sollte aber ich weiß nicht was, die Worte kommen mir immer erst nachher wenn ich alleine bin, erstmal kriege ich oft nichts raus, dazu die völlig neue Situation, das Gefühl blöd zu sein wie ein Toter. Lila immer ganz natürlich sie lächelt sogar und ist graziös, sie nimmt ihr Herrenfahrrad, setzt den linken Fuß auf das Pedal und stößt sich mit dem rechten vom Boden ab, das Rad rollt los, da schwingt sie auf einmal das rechte Bein hoch durch die Luft über den Sattel und na klar ich kriege noch einen blitzschnellen Blick, wer weiß ob Absicht oder keine, ihre nackte Möse, ihre schöne rosa blonde Spalte nur für einen kurzen Atemzug, ich bin geblendet, ein letztes Geheimnis dann klemmt sie sie direkt auf die Nase des Sattels, das Kleid fällt sofort runter und sie fängt an zu treten. Aber ihre Beine sind zu kurz für das Fahrrad oder der Sattel ist zu hoch, also stellt sie sich wieder hin und wiegt sich wie eine Tänzerin, wieder diese weißen Schuhe, sie ruft kurz Ciao über die Schulter und weg ist sie.

Sie fährt weg und ich bleibe da mit meinen Tüten und etwas von mir drin hat sie in die Hand genommen und weggeworfen.

Ein anderes Mal treffe ich sie im Wartezimmer beim Arzt, sie sagt hallo Chimo wie geht's, als ich mich neben sie setze, ich gehe da manchmal hin was von meinem Blut verkaufen.

„Und dir?" frage ich sie.

„Ganz gut."

„Bist du krank?"

„Ich komme wegen einem Rezept für meine Tante."

Sie ist kurz still, schaut weit weg vor sich hin, also frage ich sie:

„Stört dich das?"

„Was?" fragt sie.

„Wenn ich mit dir rede."

„Nein", sagt sie, „aber ich hab an was gedacht."

„An was?"

„An ein Geschenk."

Ich frage sie was für ein Geschenk und sie sagt zu mir: „Wenn ich in einen Mann verliebt wäre, dann würde ich wollen daß er zusieht wie ich mit einem anderen vögle."

Und das nicht mal leise.

„Das ist dein Geschenk?" frage ich sie.

„Oder sogar mit zwei anderen."

„Glaubst du das würde ihm gefallen?"

„Ich bin nicht sicher, aber mir schon."

Sie ist wieder kurz still, ich glaube erst für länger aber nein. Sie fängt wieder an:

„Wäre doch ein schönes Geschenk für ihn finde ich, wenn ich ihm zeige wie ich aussehe, wenn er mich vögelt. Beim Vögeln kannst du ja nie richtig hinsehen, deine Augen kriegen es nicht mit. Aber wenn er mich einmal oder zweimal gesehen hat dann kann er sich hinterher wenn er mich dann wieder vögelt daran erinnern was ich gemacht hab wie ich dann aussehe, das würde ihn wahnsinnig geil machen."

„Mit wem würdest du dann vögeln?" frage ich sie.

„Vor meinem Kerl?"

„Ja."

„Mit Unbekannten", sagt sie zu mir, „das ist sicher. Wäre ja idiotisch Kumpel zu nehmen oder welche, die er kennen könnte, das bringt nur Ärger und was ist wenn ich sie mehr mag als ihn. Irgendwelche Typen würde ich nehmen, laufen doch genug rum, oder einfach Profis wie die aus Haus X und vielleicht würde ich ihnen eine Maske oder eine Kapuze überziehen, dann würde man sie jedenfalls nicht erkennen, sie wären einfach nur Fleischmaschinen, du kannst dir den Kopf dazu ausdenken der dir paßt, schöne Schwänze ohne Gesicht und ohne Namen, so stell ich mir das vor und mit Samtbinden über den Augen, dann erkennst du sie nie wieder wenn du ihnen am nächsten Tag auf der Straße über den Weg läufst, aber jeder hübsche Kerl der vorbeikommt könnte es gewesen sein."

Im Wartezimmer ist weit und breit kein hübscher Kerl zu sehen nur zwei Alte, der eine zittert und ein Junger aus Haus F, der ist so schwabbelig wie ein Fisch ohne Gräten, sowas von bescheuert daß als der Arzt ihm mal ein Rezept geschrieben und gesagt hat hier nehmen Sie das ein, da hat er beim Rausgehen das Rezept gefressen. Er sitzt da er starrt auf den Boden, pult sich mit einem Finger in der Nase rum. Woran denkt so einer der so zu ist? Sein Schädel ist eine Wüste, die Wasserlöcher sind ausgetrocknet, tschüß die Karawanen.

Ich bin nicht mal sicher daß einer von denen zuhört bei dem, was wir sagen.

Also frage ich Lila:

„Ist das für dich Liebe?"

„Ein bißchen ja", antwortet sie. „Und für dich?"

„Ich?" sage ich. „Ehrlich, ich weiß nicht was das ist."

„Bist du noch nie verliebt gewesen?"

Sie tut mir richtig weh mit ihren blauen Augen wie sie das sagt.

„Ich glaube nicht“, antworte ich trotzdem.

„Du bist nicht sicher?“

„Nein.“

„Ich auch nicht“, gibt sie zurück. „Aber wenn ich verliebt wäre, das sag ich dir dann wäre das auf jeden Fall wie ein Geschenk.“

„Und wenn er es nicht will?“

„Ich bin sicher er würde es wollen. Neun von zehn wollen das.“

„Glaube ich dir nicht“, sage ich.

„Aber ich bin ehrlich, Chimo. Ich bin immer ehrlich das weißt du genau, ich sage dir, ich würde das für ihn tun nicht für mich. Weil ich würde dabei doch sowieso nicht auf meine Kosten kommen, jedenfalls nicht bis zum Schluß.“

Ich sage trotzdem daß ich wirklich nicht verstehen kann, wieso sie das machen würde.

Sie faßt sich mit dem Finger an die Stirn und sagt:

„Weil die Kerle hier ein bißchen schwer von Begriff sind.“

Sie wirft einen Blick auf den Bescheuerten aus Haus F, der jetzt dasitzt wie ein toter Fisch im Geschäft, mit offenem Maul, keine Kundin hat ihn gekauft bis jetzt. Soll heißen: Alle Typen sind wie der Esel da.

Neben uns der Alte zittert immer doller, so

sehr daß du denkst gleich fallen ihm die Knöpfe vom Hemd. Seine Frau faßt ihm hin und wieder an den Arm und macht tssst tssst mit ihrer Zunge. Wenn sie ihn anfaßt zittert sie auch, das ist übertragbar.

„Chimo, denen ihr Hirn ist doch armseliger Matsch. Hast du das noch nicht begriffen? Die denken an nichts, die träumen von nichts mehr."

Das stimmt, das sage ich mir auch manchmal, wenn du aufhörst zu träumen dann bist du kein Kind mehr, du siehst es lohnt sich sowieso nicht und dein Leben ändert sich nie mehr, die ganze Zeit immer dasselbe, nichts mehr nur noch deine Hand um dir die Augen zu wischen.

Und dann sagt sie:

„Die Kerle schnappen sich ein Mädchen, sie will sie will nicht, egal sie machens ihr mit Gewalt wie ein Hund, wenn er ein Loch gräbt im Boden weil er einen Knochen sucht, du kannst ihn rufen soviel du willst ihn am Schwanz ziehen, der buddelt weiter wie krank, schnauft keucht und hört nichts, aber wenn du wüßtest Chimo was man sich alles Schönes machen kann, die Hände tasten sich vor stell dir die Schmusereien vor die Vorbereitungen, die Sätze, wenn sie ein bißchen versaut sind und vor allem zu wissen daß du, du das machst, du machst das, dir und nur dir wird ein dicker

Schwanz hinten reingesteckt, daß du weißt du bist das, macht die Lust so groß, das glaubst du nicht."

„Warum?" frage ich sie.

„Ich weiß nicht warum", antwortet sie. „Ich seh mir so gern im Spiegel zu, wenn ich einen blase und wenn ich gevögelt werde, habe ich dir schon gesagt glaube ich, aber das Mädchen, das ich im Spiegel sehe, hat überhaupt keine Gefühle, sie ist nur einfach auf das Glas gemalt und ist kalt, als wäre das nicht ich, sowieso verstecke ich manchmal den Kopf von dem Kerl ders mir besorgt mit einem Laken oder sonstwas, dann sehe ich nur das was ich von ihm brauche und das reicht. Die Kerle sind sowas von vernagelt, die wissen gar nicht mehr wo der Schlüssel ist, mit dem sie sich ein bißchen aufmachen können. Du willst zu ihnen sagen, mach doch mal ein bißchen auf, laß frische Luft ins Hirn, aber sie haben gar keins. Deswegen will ich dem Typ, den ich lieben würde, ja auch helfen, daß er was in den Kopf kriegt, dann hätte er noch ein paar Bilder in Reserve, einen ganzen Koffer Bilder, einen Film den er ablassen kann wenn er will, dann würde er schnell einen Streifen kriegen und jedesmal wahnsinnig abspritzen, sowas nenne ich ein Geschenk."

So redet sie manchmal drauflos ohne aufzuhören, wahrscheinlich könnte sie stundenlang so weitermachen und dir erzählen was ihr durch den Kopf geht, du kriegst fast Angst und dabei willst du nicht daß sie aufhört weil es wahr ist weil das ist als ob das Leben sich in ihrem Mund verwandelt und auf sowas habe ich Hunger wie ein Floh auf einer Glatze.

„Und du?“ frage ich sie.

„Was ich?“

„Wenn du einen Kerl lieben würdest, würde dir das gefallen wenn der vor dir mit anderen Mädchen vögelt um dir ein Geschenk zu machen?“

„Das wäre wunderbar“, sie macht die Augen halb zu, „vor allem mit maskierten Mädchen daß ich die nicht wiedererkennen könnte, echten gierigen Schlampen, die ihm die Eier und den Hintern abschlecken und ihm ein Riesending reinschieben und sich selber seinen Schwanz bis zum Anschlag. Das würde ich mir alles in meinen Koffer mit den Bildern tun, das würde mich hochbringen ich kann dir nicht sagen wie, allein schon wenn ich davon rede werde ich naß.“

In dem Augenblick geht die Tür auf, der Doc kommt mit einer flennenden dicken Tussi raus und ruft der Nächste bitte, das ist der Bescheuerte aus Haus F. Der braucht einen Moment bis er merkt daß er gemeint ist, die Frau von dem Zitterer muß es ihm erst sagen, ich glaube Sie sind dran Monsieur, da ist es als würde er aus einem Traum abspringen aber ohne Fallschirm, er steht mit einem Ruck auf, er macht zwei schnelle Schritte auf Lila zu, er hat fiebrige Augen und sagt zu ihr als würde er dreimal niesen:

„Du Sau du Sau du Sau!“

Danach geht er mit dem Doc rein, der macht die Tür hinter sich zu ohne irgendwelche Bemerkungen, ist ja auch eine Sache, die ihn nichts angeht. Der alte Zitterer zittert weiter, nur seine Alte schaut zu uns rüber aber nicht lange, sie zappt uns kurz an dann ist Schluß.

Lila sagt zu mir:

„Meine Güte, so ein Idiot.“

„Der hat alles mitgehört“, sage ich zu ihr.

„Geschieht ihm recht, dem kleinenReckskerl. Hast du sein Augen gesehen? Der ist doch geschlechtskrank von Geburt an, viele sind das und besser wird das schon gar nicht mit der Zeit. Ohne es zu wissen, bringst du Mörder zur Welt. Das paßt zu dem, was ich vorhin zu dir gesagt hab Chimo: Wenn ein Mädchen einen Mann liebt, dann muß es ihm helfen. Allein sind die Männer nur ein Stück Fleisch, die sind völlig zu und gefährlich, die leben in einem Tunnel und es kommt nie und niemals ein Zug vorbei.“

„Und du denkst, du würdest das wirklich mögen?“ frag ich sie. „Daß dein Typ, mit dem du zusammenlebst, es vor dir mit anderen Mädchen treibt?“

„Ich mein ja nicht die ganze Zeit. Aber dann und wann mal, au ja.“

„Du wärst nicht eifersüchtig?“

„Überhaupt nicht.“

„Und wenn ers mit den anderen besser findet als mit dir?“

„Würde mich wundern“, sagt sie.

„Man kann nie wissen.“

Da ist sie einen Moment lang still, dann sagt sie:

„Laß dir gesagt sein ich hab meinen Vorrat an Bildern schon gut voll, schöne sogar aber man kriegt nie genug davon, nie, außerdem nutzen die sich ab und verblassen also muß man für neue sorgen, Höllenbilder will ich mit nassen Fickgeräuschen und Spermageruch, das Ganze rot und schwarz und auch ein bißchen weiße Haut, ah der Mann, den ich liebe, müßte von Hexen bearbeitet werden, schön nassen total heißen Nutten, die ihn total fertigmachen bis er durchdreht. Wenn er das für mich machen würde, als Geschenk für mich ah ich wäre wahnsinnig scharf auf ihn das schwöre ich dir.“

„Kennst du Mädchen, die das für dich machen würden?“

„Klar, findet man alles“, sagt sie, „so Schlampen laufen doch überall rum, aber am besten wäre es sie zu bezahlen, welche die zu allem bereit sind richtig wilde. Davon kriege ich

Träume im Kopf Chimo, wenn du wüßtest! Außerdem sind viele Frauen in Wirklichkeit wie ich, das sag ich dir, sie trauen sich nicht aber innen macht es sie ganz kribblig, du machst dir kein Bild."

„Wenn es dir so gefällt, warum tust du es dann nicht?" frage ich sie.

Und sie schaut mich immer weiter aus ihren hellen Augen an und fragt:

„Und woher kriege ich den Kerl, den ich liebe?"

Jetzt will ich über den Schock schreiben, den ich erlebt habe.

Sogar an einem Ort wie hier in der Siedlung Vieux Chêne, wo du denkst du kennst alles, und auf einmal siehst du wen, von dem hast du bis jetzt nicht mal gewußt daß es ihn gibt, Lila, wo die wohl herkommt so auf einmal, welche sagen, als ganz kleines Kind ist sie schon hiergewesen, sogar hier geboren, nur als kleines Mädchen ist sie eben nicht aufgefallen mit ihrem Ranzen und der Strickmütze, aber irgendwann ist sie aufgeblüht wie eine Sonnenblume, am nächsten Tag war sie da und jetzt könnten dir die Augen rausfallen, du siehst nur noch sie, und andere sagen nichts da, die ist erst vor drei Monaten hergekommen, ihre Mutter ist im Krankenhaus von Villejuif zusammengeklappt und hat sie zu ihrer Schwester geschickt, der Tante, die schon hier gewohnt hat, weiß man doch, und die Leute streiten sich so darüber daß sie vergessen weiterzuleben, nicht zu machen daß man sich über sowas Einfaches wie ein Mädchen einig wird, dann erst mit den Kriegen und Teilungen und allen Verträgen der Welt das muß einem ja über den Verstand gehen, mit Lila das ist einfach nicht rauszukriegen, doch doch, die ist zu Fuß gekommen mit einem dicken Rollenkoffer, nein nein, ich hab sie in der Schule gekannt, die hat schon mit sieben oder acht Sachen in ihre Hefte gemalt zum Rotwerden, doch doch, abends um sieben im Oktober ist sie angekommen, genau da lang, mit diesem rumpelnden Koffer und so weiter, stundenlang. Kann man mal sehen, wo man nie hier rauskommt aus der Gegend und alle Leute sozusagen bei ihrem Spitznamen kennt, Mélie mit den Brennesselaugen oder Mouloud der Schisser, in Wirklichkeit kennt man niemand richtig, sie sind alle anders als man denkt, jedenfalls die, die einen interessieren, Schweizerkäse hat Löcher und sie haben Geheimnisse du ja vielleicht auch.

Also Lila die hat mein Leben verändert, mein eigenes Leben. Erstmal wie soll ich mir jetzt die Siedlung überhaupt noch vorstellen, wie sie ohne sie war? Sie ist das Zentrum und nur sie. Sogar wenn sie nicht da ist, ist sie da. Wie soll ich sie aus meinem Leben wegbekommen, was soll ich tun ohne sie? Mir müßte wer das Hirn mit dem Strohhalm raussaugen, mit allem Gift was da drin ist. Wo plötzlich das Licht nach Vieux Chêne gekommen ist, ein Stück Himmel hat sich auf uns gelegt, einmal hast du was gesehen, das anders ist.

Ich sage, sie geht über alles, sogar über alles was du im Fernsehen siehst, die alten Folgen von „Denver Clan", die Pummel-Trullas mit ihren Surfbrettern in „Baywatch", die erzbekloppten Mannequins, in Ordnung, gut aussehen tun sie schon, aber wenn sie gehen watscheln sie wie Pinguine, jawohl, dieselben die sich sonst halten wie die Gardesoldaten, eingebildet daß es stinkt, schaut schön her ihr kleinen Arschlöcher, ich gehe vorbei, alles vertrocknete Mösen, außerdem das kannst du wetten, alles was du an Frauen in der Glotze siehst, sogar Vanessa, sogar Merlene Ottey die Sprinterin, fünfunddreißig ist die, wenn die sich zum Start hinkniet, der schönste Arsch der Welt, und nicht nur zum Laufen gemacht das kann ich dir flüstern, alle alle alle sind sie nichts neben ihr, das ist was anderes, ganz was anderes oh ja, von nahem oder von weitem, Auge in Auge, hallo wie gehts, mir gehts gut, du streckst die Hand aus und du berührst sie, sie ist wirklich das Schönste weit und breit und sie ist hier und nicht woanders, dazu diese Art wie sie spricht und auch was sie sagt.

Schon vor dem Tag mit der Rutschbahn hat sie es offenbar ein bißchen viel mit ihrer Möse gehabt. Mouloud hat gesagt, eines Abends, wo er sie sieht, sagt sie zu ihm hallo wie gehts und schaut ihn schief an und durch den Stoff von dem Kleid kratzt sie sich dran. Oder du sagst was zu ihr und sie antwortet, geh mir nicht auf die Fotze, extra versaut wirkt das oder weil sie reden will wie die Jungen. Im Wartezimmer kommt sie mir mit dieser Geschichte von der Vögelei mit den Männern ohne Kopf, daß nicht die Gesichter sie scharf machen sondern die Schwänze, Liebe mit Unbekannten und das sagt sie so ruhig als würde sie über einen Vogel sprechen, der vorbeifliegt, ein Engel mit Nuttenschnauze, du denkst eigentlich müßten die Wörter, die ihr über die Lippen kommen, sie verletzten, die Zähne müßten ihr ausfallen vor Scham aber von wegen, leicht wie ein Sommerwind kommt das daher, nichts geht kaputt, es streichelt sogar.

Bevor ich den Schock beschreibe rede ich hier jetzt erstmal von der Liebe, damit man weiß, worum es geht. Hier in der Siedlung vögeln alle schon mit fünfzehn, wenn auch nicht besonders oft. Das erstemal treibst du es mit einem Mädchen, das alle schon mal hatten, es gibt da immer eine oder zwei, die sind zwar vielleicht nicht allererste Klasse aber egal, die vernaschen alle Jungs, die es noch nicht getan haben, und danach gehen sie heiraten. Später dann, so gegen siebzehn, achtzehn kommen die Jungs manchmal wochenlang nicht zum Schuß und man kann sehen, das geht ihnen an die Nerven. Dann nehmen sie ein Mädchen in den Keller mit und bumsen sie zu mehreren, das Mädchen weiß nicht, was jetzt kommt, aber wenn sie dann im Keller ist und mit ein bißchen Gras macht sie mit, manchmal schreien sie oder weinen aber manchmal wollen sie selber mehr. Ich kann da nicht gut mitmachen außer einmal, ist schon lange her, weil ehrlich, ich hab zu so was keine Lust, also sehe ich nur zu und tue so, als fände ich das toll aber nur alle halbe Jahre mal und öfter nicht.

Außerdem muß man aufpassen mit dem Virus der modernen Zeit, weil der Pariser-Automat in der Siedlung ist immer leer, immer räumen ihn welche am ersten Tag aus und verkaufen die Dinger weiter.

Normalerweise ziehen die Mädchen und auch die verheirateten Frauen donnerstagabends und freitagnachmittags ein paar Nummern durch, wenn sie gegen Ende des Monats pleite sind, also immer, die jüngeren für das Schulgeld oder die Mensa, auch die minderjährigen, die Eltern oder die Männer lassen sie machen, entweder so oder alles geht den Bach runter, oft lassen sie sie sogar drei vier Stunden in der Wohnung allein, wenn sie dann zurückkommen ist alles geregelt.

Ihre Kunden sind manchmal Typen aus der Siedlung, aber vor allem welche, die aus Paris kommen mit dem Bus oder der Vorstadtbahn, reich sind die auch nicht, deswegen kommen sie ja hierher, kostet fünfzig Franc pro Nummer mit einer Amateurin, stimmt schon, aber Fick bleibt Fick, außerdem kreuzen manchmal so Anzugtypen in dicken Autos auf, die suchen kleine Jungfrauen aus Afrika und Jungfrau sind hier alle, basteln sie jede Woche zurecht mit dünner Lammhaut und ein bißchen Nagellack. Die Anzugtypen haben da offenbar so ihren Verdacht, denn die kommen immer mit extra stabilen Gummis.

In der Siedlung gehen jede Menge mal so gelegentlich und auf eigene Rechnung anschaffen, ohne Lude, aber es gibt auch was Organisiertes, gehört zum Bizness, da kümmern sich die Alten drum, die dreißig sind oder vierzig. Das läuft vor allem in Kellern, mit Teppichen Kissen Stereoanlagen und so, klar dauert das nicht lange, so eine Reise in den Orient, der Abstieg in die Geheimnisse eines Harems, aber du hast lange was davon, wenn du es dir ausschmückst.

Donnerstagnachmittags ist hier der reinste Vögelflohmarkt, vor allem bei gutem Wetter, die Kerle stehen vor den Häusern Schlange, manchmal bringen sie sich einen Stuhl mit oder sie spielen Boules oder Domino, die Mädchen kommen raus um sie aufzugeilen, in supersexy Miniröcken, selbstgenäht, prima Schauspiel, wir nennen das die Fotzenparade und dann läßt einer die Dominosteine liegen und geht mit einer in den

Keller mit und wenn sie hochkommen gibt es manchmal Applaus, die schärfsten machen so zehn zwölf Kerle pro Woche sogar Bullen in Zivil, alles schon mal dagewesen. Scheinbar zieht das auch bei den Homos, so kleine Araber, aber noch nicht bei uns, hier trauen sich die Schwulen nicht her, weiß auch nicht warum, die sind mehr so in der südlichen Vorstadt, in Bagneux und auch Créteil.

Naja, mit der Liebe ist es hier wie mit allem, man sieht zu daß man mit dem hinkommt, was man hat, man wurschtelt sich so durch. Ich sage das damit klar wird, wie Lila mitten dadrin auf einmal wirkt. Lila hat sich nie an irgendwen verkauft. Sie gehört einfach nicht dazu. Freitags bleibt sie oft zu Hause und sieht mit ihrer Tante fern, sie hängt nie mit den anderen Mädchen rum und dann ist sie zwei oder drei Tage weg und du weißt nicht wo.

Lila.

Der Schock also jetzt.

Also sogar mal abgesehen von der Rutschbahn und vor allem dem mit dem Fahrrad: Angeblich bin ich der einzige, mit dem sie redet, außer der Tante. So ist das. Ich hab gedacht, sie redet mit den anderen genauso wie mit mir aber nichts da. Ruben den Armenier, Mouloud, Grand Jo und die anderen habe ich gestern gefragt: „Erzählt Lila euch eigentlich irgendwas?" Sie haben gesagt nein wirklich nie. Sie sprechen sie manchmal an, wenn sie vorbeikommt, das machen sie mit allen Mädchen, aber sie antwortet nicht oder so gut wie.

„Die hält sich für was Besseres", sagt Mouloud. „Schaut durch dich durch, die sieht dich gar nicht. Für die bist du überhaupt nicht da."

„Redet sie mit dir?" fragt Petit Maurice.

„Ja, manchmal sagt sie was."

„Erzählt sie dir was?"

„Hmmja."

„Und was?"

„Ach nichts", sage ich.

„Wenn sie nichts sagt, kann sie genausogut die Schnauze halten."

„Ja klar", sage ich.

„Das ist eine kleine Schlampe, sonst nichts", sagt Gilbert.

Sie gehen, sie sind sauer.

Ich bleibe da, das ist der Schock. Sie spricht nur mit mir. Von allen Jungs in der Siedlung spricht sie nur mit mir, Chimo. Alle anderen sind Zombies, die sind nicht da. Nur mit mir.

Ich will nur sagen: Es ist nicht so, daß ich nach der Sache auf dem Fahrrad daran denke, sie zu vögeln oder auch nur eines Abends ihre Hand zu halten oder sie sogar hinter dem Ohr oder ich weiß nicht wo zu küssen, oder ihr die Schultern zu streicheln den Arm um sie zu legen, das ganze Zeug, was sie im Film immer tun aber ich kann nicht anders, manchmal gehen mir diese ganzen Gedanken durchs Herz oder den Bauch, vor allem abends, wenn ich im Bett liege und meine Mutter schnarchen höre, dann kommen sie immer wieder, ich habe die Augen zu, ich sehe Bewegungen, dann stehe ich auf, leise wie eine Spinne, und bewege mich in die Küche zum Schreiben und das beruhigt mich. Nicht mal, daß ich dran denke wie an einen Traum, der irgendwann mal wahr wird oh nein, sie ist immer noch wildes Land, du fährst mit dem Schiff vorbei Chimo und schaust von fern hin, aber wenigstens sieht sie dich und spricht mit dir. Jetzt aber, warum sagt sie sowas zu mir und nur sowas, nie was anderes, und warum zeigt sie sich mir und warum hat sie mich in ihre Hand spritzen lassen, warum mich und sonst niemand dabei ist der Planet groß, das zerreißt mir das Leben, ich haue mir vor den Kopf, aber es kommt kein Funke raus.

Ich muß auch sagen: Als ich angefangen habe mit Schreiben, das ist schon Jahre her, da war das wie Aufsätze schreiben, ich habe Filme beschrieben, die ich im Fernsehen gesehen hatte, vollkommen idiotisch sowas, oder aber wie öde es hier jeden Tag ist oder einen Unfall auf der Straße, eine Keilerei, einmal sogar eine Geschichte mit Vampiren in einem schwarzen Schloß oder andere Geschichten, nur den Anfang, ich hab nie gewußt, wie ich die fertigkriegen soll, außerdem fand ich immer schon die erste Seite völlig daneben, da habe ich mir gesagt, wenn du das daneben findest, wie wird das erst den anderen gehen und am Ende habe ich immer alles in der Spüle verbrannt mit Wasser drüber bevor ich wieder ins Bett gegangen bin, total hoffnungslos. Meine Mutter arbeitet im Rathaus, putzen, so ein öffentlicher Billigjob, sie steht um fünf auf ob Sommer oder Winter, manchmal war ich noch nicht wieder eingeschlafen, wie ich sie hörte, sie stand auf und redete ganz leise und ganz schnell, ich hab nie verstanden, was, vielleicht Gebete, weg war sie und ich blieb da mit meiner verlorenen Nacht.

Lange mußte ich auch selber um sieben aufstehen und meine kleine Schwester zur Schule bringen. Jetzt geht sie allein und ich schlafe länger. Jedenfalls ist schlafen oder nicht schlafen total egal, es wird Tag, ich fühle mich so nützlich wie ein Stuhl an der Decke, die anderen da unten halten die Wände fest aus Angst, daß sie umfallen. Ich weiß noch einmal in der Schule fragt die Paukerin Petit Maurice, was er später mal machen will und er antwortet: irgendwas.

Aber seit Lila das erstemal mit mir gesprochen hat, die Sache mit der Rutschbahn, da ist ein Damm in mir drin gebrochen, wirklich, schon in der Nacht danach hab ich gemerkt, das konnte ich leicht beschreiben, nicht nötig, mir Vampire auszudenken oder was weiß ich, weil Lila ist da, sie sieht mich an und sie erzählt mir Sachen auf ihre eigene Art und mit diesen Augen, denen man nichts verbirgt. Ich habe nie gedacht, ich würde mal was über Vögeln schreiben mit Mösen Schwänzen und so Wörtern in der Art, erst war das auch gar nicht leicht war mir peinlich, ich bin keiner der alles so offen sagt und tut, ich habe mich geschämt weil meine Mutter da total scharf ist in diesen Dingen, und jetzt kommt es wie Wasser bei Regen als würde Lila mir die Hand führen, ihre Stimme singt noch Stunden danach in meinem Kopf, Porno oder nicht Porno weiß ich nicht, jedenfalls gleitet der Stift übers Papier wie mit einem unsichtbaren Motor, schon ist das erste Heft voll und ich bin unschuldig, keiner kann mir einen Vorwurf machen, außerdem gefällt mir das Schreiben, ich schaffe sogar zwei Seiten in der Stunde vor allem wenn die Erinnerung frisch ist wie Eier, und wenn ich wieder ins Bett gehe, kann ich schlafen.*

---

* Hier endet das erste Heft. Es trägt das Datum 19. September 1995. Der Anfang des zweiten Heftes scheint sich unmittelbar anzuschließen.

Jetzt sage ich es ich habe sogar überlegt, ob ich ein Gedicht für sie schreibe aber ich weiß nicht wie, ich habe Angst daß das dann voller Schmalz ist und saublöd. Ich erinnere mich an etwas, das sie mir gesagt haben, als ich klein war, aus Afrika angeblich: In der schwarzen Nacht steht ein schwarzer Tisch mit einer schwarzen Ameise und Gott kann sie sehen.

Und ich sage dazu: Gott kann die Ameise sehen, aber mich sieht er eben nicht.

Sogar über ein versautes Gedicht habe ich nachgedacht, damit es etwas ist was ihr gefällt, aber dann konnte ich es nicht schreiben. Wenn es von mir ist kann ich es nicht das ist komisch.

Trotzdem frage ich mich natürlich warum sie mir das erzählt, klar, sie weiß schließlich nicht daß ich schreibe, also deshalb gefällt es mir das zu sagen um mich aufzugeilen, aber das ist nicht so einfach denn sie ist wirklich freundlich, finde ich jedenfalls, sie ist nicht einfach so ein Biest mit Krallen am Herzen, und trotzdem, ich kann nicht glauben daß sie auf mich abgefahren ist, ich bin zwar nicht gerade schlimm verbaut mit schiefen Knien und bleichen Wangen, aber Clint Eastwood bin ich auch nicht und auch kein Stallone mit seinen Augen, die ihm aus dem Gesicht fallen wie es heißt, seine Exfrau hat das der Presse erzählt, einen ultrakurzen Schwanz soll der haben, nein ich bin ein ganz normaler Stadtrand-

Typ, braune Haut und Locken natürlich und schwarze Augen, angeblich soll sich der dunkelbraune Typ immer mehr auf dem Planeten verbreiten, bald werden die Blonden selten, noch ein Grund daß Lila was Besonderes ist, stimmt schon, man kann sich immer noch die Haare färben und sogar die Haut aufhellen wie Michael Jackson mit Bimsstein und so Zeug aus der Apotheke, das bis tief rein alles durcheinanderbringt aber seine Kinder werden trotzdem Blacks falls er welche kriegt, einmal sind die Punks aus Bobigny bis hierher gekommen, nur um sich anschauen zu lassen da wette ich, und ich hab gedacht: Du kannst dir einen Hahnenkamm auf den Kopf setzen und dich anziehen wie ein bunter Vogel, du bist immer noch derselbe Kerl.

An sowas merke ich daß ich das Schreiben nicht gewöhnt bin, die ganze Zeit verrenne ich mich, ich fange einen Satz an dann lasse ich mich treiben, ich streiche weg rutsche weg komme wieder, am Schluß weiß ich nicht mehr, wo ich bin und muß alles nochmal lesen, um mich zu erinnern, wo ich angefangen habe. Ich denke, die richtig schreiben, die haben Pläne wie Architekten, danach brauchen sie nur noch die einzelnen Kästchen richtig auszumalen, die wissen wo sie hinwollen, die haben ihren Beruf gelernt, ich fummele mich so durch wie ich kann, Gefühle und Ideen habe ich schon aber mir fehlen vor allem die Wörter. Ich klaue meiner Mutter ein bißchen, ganz kleines bißchen Geld, Franc um Franc, damit ich mir irgendwann mal ein Wörterbuch kaufen kann, das lerne ich dann auswendig, aber bis es soweit ist gibt es für so viele Sachen die ich spüre keinen Namen, manchmal werde ich stinksauer, wie haben die anderen das bloß gelernt? Man sieht es ja, hier geben alle die hier wohnen, Mädchen und Kerle, Gallier oder nicht, sich mit so einer scheißarmseligen Sprache zufrieden, wenn die einmal kotz und ciao gesagt haben, ok Scheiße Sack Macker Schlampe und fick dich selbst, dann haben sie schon alle Wörter aus dem Käfig gelassen, die drin sind. Klar, ich placke mich ab damit ich nicht so schreibe wie die reden, aber dann kommt es mir doch wieder dazwischen, alles was die so erfinden, das geht mir auf die Nerven und ist beschränkt, aber ich bin nicht sicher, daß ich es schaffe. Es können eben nicht alle alle Wörter kennen. Es kommt mir immer vor wie auf dem Meer zu fahren, daß es da eine grüne Insel gibt, an die du nicht rankommst, besser bewacht als die Banque de France, eine Insel, prallvoll mit lauter wunderbaren Früchten, Wörtern, mit denen die Leute sich bedienen, bis sie satt und zufrieden sind, als würde man einen Schatz finden in einem Paradies, aber du selber nie, nie du, du sitzt auf deiner Galeere, los hau rein rudere kleines Arschloch, was hebst du den Kopf, schau nicht über Bord und hör nicht auf die schönen Lieder von da drüben kusch! die Peitsche und Fresse halten sonst setzt es was.

Nicht für dich, sagen sie. Die sabbern sich einen ab, die lecken sich die Lippen danach! Ganze Konferenzen und so. Nicht für dich aber was, das verraten sie einem nicht. Santa Barbara? Diese Orte, die man im Fernsehen sieht mit Swimmingpools und dunkelblauen Badeanzügen? Die liegen doch sowieso auf irgendwelchen anderen Planeten, die können unmöglich hier auf der Erde sein, das ist Theater, unecht. Sogar die Sonne scheint da falsch. Hier haben wir nie gutes Wetter. Die Hochhäuser lassen es nicht zu. Manchmal ist es sehr heiß, glühend sogar aber schön nie. Schön ist was anderes als hier.

In der Nähe ist noch eine Siedlung, die könnte man mit unserer verwechseln oder mit einer anderen, egal die haben sie Ombrages getauft, „Schattenhain“, aber Petit Maurice, der da Verwandtschaft hat, sagt da stehen die Bäume selber im Schatten, wegen der Häuser.

Die Bäume sind wie wir, wie Gegenstände hingepflanzt ohne zu wissen warum, wie wir, ohne uns bewegen zu können, soll keiner sagen alle Bäume sind sowieso gleich, unsere hier sind schlimmer dran, sie sind zu bedauern, ihre Sonne ist grau, alles, was sie brauchen, muß von woanders hergebracht werden und so ist einer von denen wie der andere, keine abwechslungsreiche Gesellschaft, weder Büsche noch Blumen wegen den Rowdys, alle fünfzehn Meter ein Baum, eine gerade Reihe, meine Mutter sagt wenn sie morgens früh weggeht und es ist Wind, dann hört sie sie weinen.

Aber meine Mutter hört sowieso überall nur Tränen.

Stimmt schon, hier bei uns kannst du alles was du willst zum Schrottpreis kriegen, übers Bizness, Fernseher Motorroller Plattenspieler wie für Discjockeys, Waffen aus Israel, keine Ahnung, wie die herkommen, Nikes und Reeboks und die mit den drei Streifen auf der Seite das sind die coolsten. Ein paar Keller oder sogar manche Schlafzimmer sind die reinsten Schatzhöhlen, moderne Basare und die aus Paris kommen her und kaufen hier ihre Stereoanlagen und auch Markenklamotten, Schnaps aus allen Ländern, Schmuck Zigarren Möbel Macs samt Drucker zu einem Drittel vom Preis. Das Bizness bringt schwer was ein, aber nur ein paar Leuten, normalerweise bleibt das in der Familie die Verwandtschaft zuerst, oder per Freundschaft, wenn welche zusammen gesessen haben und trotzdem ist es noch riskant. Schließlich sind wir hier nicht alle geborene Gangster, auch wenn man nachts mal davon träumt, man denkt, das ist ein leichtes Leben verglichen mit dem anderen, das ist ein Elend und Schluß.

Sogar von einer Hochzeit mit Lila hab ich geträumt, geträumt sage ich, weil ich hab nichts als die Armut, Süße, nicht mal vier Franc für eine Blume, na und dann erst Ringe ein Kleid und dazu die Reise, eine Wohnung und ein bißchen Flitter für die Wochen, das ist doch alles wie in einer Seifenoper, Chimo in Malibu, eine Wolke die über den ausgetrockneten Boden fliegt ohne zu platzen und vielleicht hat sie nicht mal Wasser im Bauch, außerdem wer hätte den Mut, einen Engel zu heiraten von dieser Sorte, mit all den Schlangen, die ihr aus dem Mund kommen, außerdem verschwindet sie scheinbar manchmal zwei drei Tage hintereinander, nicht mal ihre Tante weiß, wo sie ist, morgens früh aus dem Haus zur Arbeit gehen (im Fall daß) und Lila allein lassen, da würde ich mir doch den ganzen Tag die Fingernägel abfressen, jetzt schon stelle ich sie mir manchmal vor, wie sie mit Schwänzen gespickt ist wie ein Wollknäuel mit Stricknadeln und ich kreuze dann unerwartet nachmittags auf was das da drin weh tun würde und so ein Blutbad.

Manchmal stellen sie auch Fragen nach Stoff, na was nehmt ihr denn so, Jungs? Aber wovon sollen wir bitteschön was kaufen, das wächst hier nicht von allein am Straßenrand, klar manchmal nimmst du zwei drei Züge von einem Joint aber die Etage drüber ist nur für die Reichen, da brauchst du Kohle oder mußt voll mit drin sein und dealen, aber da hab ich nichts mit am Hut.

Bis auf die paar vom Bizness haben wir hier so wenig, daß meine Mutter sogar das Brot aus zweiter Hand kauft. Das sind so Sachen die die Leute nicht wissen, das muß man denen erzählen. Lucette, die Martinikanerin unter uns, die mit der Frührente von der Post, die kauft zum Beispiel montags ein Brot, dann ißt sie zwei Tage lang davon und am Mittwoch kauft meine Mutter ihr den Rest ab, und wir haben dann nochmal zwei Tage lang daran.

Wir haben nichts. Wer ein Moped hat, hat es geklaut, dreimal um den Block und das Benzin ist alle. Und dann, das ist komisch, sobald du wegkönntest bleibst du da. Das habe ich schon oft bemerkt. Warum woanders hinfahren? fragst du dich. Wozu? Hier wo alle angeschissen sind, wirkt man selber wenigstens nicht ganz so angeschissen, als wenn man auf den Champs-Élysées einen auf cool machen will. Klamotten täuschen niemand, wenn du leere Taschen hast sieht man dir das an den Augen an.

Und jetzt wo sie da ist, wo sie das alles zu mir sagt, wo ich sogar der einzige bin mit dem sie spricht, kann mich nichts mehr kaputtmachen, auf den ganzen Santa-Barbara-Kram da scheiß ich doch drauf aber gründlich. Ich weiß nicht ob ich noch mehr erwarten kann, es wäre wahnsinnig wenn das eines Tages käme, ich träume Dinger, Wahnsinn Wahnsinn Wahnsinn Wahnsinn, ein Wort, von dem mir das Ohr klingelt, alles was sie mir gibt, ist gut, die Welt ist dunkel ohne sie.

Ich sitze zu Hause, Linsen verlesen, wir kaufen sie sackweise bei einem Tunesier, da schreit wer meinen Namen ich stecke den Kopf aus dem Fenster und sehe sie, sie steht draußen und gibt mir Zeichen komm runter komm runter, sieht dringend aus. Ich sage zu meiner Mutter, ich komme gleich wieder, und renne runter.

Auf der Treppe treffe ich den Kabylen aus dem sechsten und seinen Sohn, mit Schlägen auf den Arsch treiben sie ein fettes Schaf die Stufen hoch, das Schaf ist nicht einverstanden, wies scheint, es sträubt sich, vielleicht ahnt es, um was für ein Fest es da geht, es wird in der Badewanne abgestochen wie andere auch.

Ich komme raus, Lila ist schon ein Stück weiter, sie sitzt aufrecht am Boden auf einem Stück kahlem Rasen sie schaut ihre Schuhspitzen an, ich gehe hin und sage hallo. Sie wackelt mit den Füßen nach vorn und nach hinten, die Muskeln an ihren Beinen spannen und entspannen sich. Die Leute sagen als sie kleiner war, hat sie Gymnastik in einer Halle gemacht, was ihr Talent auf dem Fahrrad erklären würde, aber dann soll sie eines Tages böse gestürzt sein, und da hat sie sich gleich verpißt und tschüß.

Ihre Muskeln sind immer noch elastisch und hübsch, die sind was, das man lange anschauen kann mit den Augen.

Erst antwortet sie nicht auf mein Hallo, als würde sie heute schmollen, ich warte ein bißchen aber nicht zu lange ich setze meinen Hintern neben sie in das schmutziggelbe Gras.

„Was ist los?“ frage ich sie.

„Nichts“, antwortet sie.

„Wolltest du mir was sagen?“

„Ich? Nein.“

„Warum hast du mich dann runtergerufen?“

„Weiß nicht mehr.“

Ich habe nichts gesagt, weswegen sie sauer sein könnte. Also warte ich einfach.

Sie wackelt noch ein bißchen mit den Zehen, ihre weißen Schuhe sind schön sauber wie immer und sie starrt drauf, als ob es auf der ganzen Welt nichts Interessanteres geben würde als diese Schuhe. In so Momenten weiß ich also wirklich nicht, was ich tun soll. Sowieso trage ich mein Herz nicht so offen überall rum, und außerdem macht mich dieses Mädchen fertig, total durcheinander, ich bin wie ein Salatblatt in ihren Händen. Mit zugenähtem Mund sitze ich da was tue ich? Du rufst das Hundchen, es kommt runter, ich schnauze mich an so laut ich kann mit geschlossenem Mund. Nicht mal eine Zigarette, die ich ihr anbieten könnte.

Ich sammle meinen Mut im Mund und frage sie jetzt:

„Woran denkst du?"

Dabei zittere ich schon ein bißchen vor ihrer Antwort.

„An dasselbe wie immer", meint sie.

„Also?"

„Ich denke an einen Schwanz in meiner Möse."

Egal wie ich drauf gefaßt bin, es macht mich jedesmal wahnsinnig, erwischt mich kalt, auf einmal fühle ich mich nackt in einem Wald voll mit wilden Tieren, lauter Zähne und Gift um mich herum ich habe Schiß, Gänsehaut, einen Knoten in der Zunge, trotzdem frage ich:

„Und du hast Lust gehabt, mir davon zu erzählen?"

„Vielleicht, Chimo. Ich war allein."

Sie nennt mich Chimo, also weiß sie wenigstens, daß ich da bin.

Ein bißchen später sagt sie dann, ohne mich anzuschauen:

„Vielleicht, ich weiß nicht."

Ich nehme alles auf sogar die Pausen, in diesen Fällen bin ich die vollkommene Maschine, in anderen Momenten bin ich unkonzentriert die

Leute reden mit mir und ich bin weit weg am Spazieren, die Leute sagen der Chimo ist wieder sonstwo mit dem Kopf, aber bei ihr nicht, niemals.

Ich drehe mich ein bißchen zu ihr um, vorsichtig und ich sehe daß Lila auf dem trockenen Gras jetzt sowas wie ein Bild geworden ist, eins von denen aus den Büchern die so ein bißchen mit Phantasie zu tun haben sozusagen, ich habe als Kind so eins gehabt, die Prinzessin war nachdenklich hat da dringestanden, oder es war was mit einem kleinen Mädchen, brav aber benachteiligt, so Marke Waisenkindlein und Opfer der Bösen wie in der Verfilmung von „Die Elenden" im Fernsehen das hatte mir gefallen, ins Schicksal ergeben aber ungebrochen, ganz auf die ich behalte mein Leid für mich, nur so schnell ein Seitenblick zu mir.

Es ist mir sogar beim Schreiben peinlich, daß ich mich manchmal so dermaßen wie ein Kind fühle.

„Ich bin hier", sage ich zu ihr.

„Ich weiß, daß du hier bist. Chimo?"

„Was denn?"

„Hast du darüber nachgedacht, was ich dir gesagt habe?"

„Ja habe ich."

Ich traue mich nicht zu sagen, daß ich in den letzten Tagen keine Sekunde an was anderes gedacht habe, jedesmal wird es schlimmer mit meinem Kopf.

„Und?“

„Nichts und“, sage ich.

Sie zuckt mit den Schultern aber nicht weil sie findet ich bin ein Idiot, auch nicht weil sie wütend ist oder irritiert, ich glaube, sie weiß bloß nicht, was sie mit mir tun soll, sie findet mich gewaltig zurückgeblieben, dann kommt ein sehr bedeutendes Schweigen, endlich sagt sie wieder was:

„Ich finde, es zu tun reicht nicht. Tun ist gut, aber nicht genug. Dann fehlt noch was, ich weiß nicht genau. Ich will am liebsten ganz viel sehen und dabei Sachen ausprobieren, aber das ist nicht bequem, wirklich nicht. Vorgestern beim Vögeln habe ich es mit einem Spiegel versucht aber der Spiegel war zu klein, ich hab mir den Hals verrenkt und was hat es gebracht? Ich hab nichts gesehen und das Vögeln hat mir auch keinen Spaß mehr gemacht. Der Kerl hat außerdem nicht kapiert was ich wollte, das war mehr so ein Schlichter, ein Vieh eben, aber mit einem Paradeschwanz, einem sehr sehr schönen, ein Christenschwanz außerdem wo nichts abgeschnitten war, so mag ich sie am liebsten, mit dem kleinen Bändchen drunter und ein bißchen gebogen. Ich hab ihn nur ganz kurz gesehen am Anfang, bevor er ihn mir reingesteckt hat, schade. Ungerecht daß sowas versteckt wird.“

„Stimmt“, sage ich, warum weiß ich aber überhaupt nicht, ich finde es sogar saublöd, daß ich das sage.

Sie beugt sich geschmeidig vor bis ihre Stirn auf die Knie stößt und sie sagt:

„Ich hätte sowas von gern Fotos oder am besten vielleicht ein Video. Und dann hinterher alles in Ruhe ansehen. Sowas von gern!“

„Ja“, sage ich immer noch saublöd, aber neben ihr fühle ich mich immer so.

Sie steht auf und streckt die Muskeln, sie hat was Akrobatisches, wirklich, sie schaut mich direkt an und sagt: „Sag mal, Chimo, kannst du mir einen Gefallen tun?“

„Was für einen?“ frage ich.

„Kannst du mich mal filmen, wenn ich vögle?“

Sie hat das voll raus, daß sie mir genau die Frage stellt, auf die ich nicht gefaßt bin.

„Ich habe noch nie gefilmt“, sage ich schnell.

„Ist nicht schwierig, glaub mir.“

„Ich habs aber nie gemacht.“

„Die neuen Kameras gehen von vorn bis hinten automatisch. Du brauchst dich nur so hinzustellen daß du alles siehst.“

„Was sehe?“ frage ich sie.

Jetzt beim Schreiben merke ich wie grausam dieses Mädchen sein kann. Im Moment selber habe ich nichts gemerkt, jetzt schon.

„Was sehe?“ äfft sie mich nach als würde sie mit einem Esel reden. „Meine Möse natürlich die gerade gevögelt wird, oder meinen Hintern oder beides zusammen und dazu möglichst meinen Kopf gleich mit oder mindestens die Augen, damit ich sehe, daß ich es gut finde. Du bist ein Freund würdest du das für mich tun?“

„Ich weiß nicht, ja.“

„Ja oder nein?“

„Ja“, sage ich.

„Kannst du eine Kamera besorgen?“

„Ich kann mal fragen.“

„Mich haben ein paar Typen auf den Gedanken gebracht, vor kurzem, und den werde ich jetzt nicht mehr los. Ich werd schon naß wenn ich nur dran denke.“

„Was für Typen?“

„Die in der nördlichen Vorstadt welche suchen, die mitmachen.“

„Wobei mitmachen?“

„Bei Fickfilmen.“

Ich fühle mich als würde ich wie Dreckwasser im Waschbecken kreisen, das Loch saugt mich an die Verwirrung, ich kann mich an nichts festhalten ich falle ich falle.

Sie redet jetzt ein bißchen schneller, sie ist warm sie wird lebhaft. Sie redet richtig viel:

„Scheint zur Zeit richtig zu brummen das Geschäft, aber sie verlangen daß mans ohne

Gummi tut, da machen viele nicht mit. Aber sie sagen wegen Aids vögeln die Leute fast gar nicht mehr außerhalb, zu Hause auch nicht mehr als früher eher sogar weniger, also wollen sie anderen beim Vögeln zusehen. Die anderen sollen gefährlich vögeln für sie, verstehst du? Je versauter desto besser, brutal und mit Blut auch, alles was sie sich selber nicht mehr trauen. Und gut sichtbar das Ganze, kein Theater und so tun als ob, sondern mit Peitschenstriemen und allem. Darum kannst du mit Fickfilmen jetzt ein Vermögen machen, vor allem mit Amateuren, denn dann ist es nicht so gewollt auf Kunst gemacht, dann wirkt es echt dann macht es was her. Und außerdem kennen sie die Gefahr, den Tod auf der Schwanzspitze, aber für die anderen. Du sitzt gemütlich da und holst dir einen runter, du siehst sie vögeln du sagst dir: Wenn der da zufällig positiv ist, dann ist die dicke Blonde fällig."

Sie ist in Fahrt, sie redet weiter:

„Sie treiben Kerle und Mädchen auf, Arbeitslose oder welche die mehr so rumhängen, sie stecken sie irgendwo in eine Falle mit Kissen und Teppichen, die bringen sie mit, alles vögelt auf Kommando und sie filmen das dann. Es dauert so lange wie eine Nummer eben dauert und dann tschüß bis zum nächsten Mal. Scheinbar vögeln die, die filmen, niemals selber mit, aus Vorsicht, wie die Großdealer die selber nicht drücken. Scheinbar war es früher so üblich bei den Hardcoredingern daß die Schauspielerin am Ende vom Drehtag dem Kameramann noch schnell einen bläst, damit ist jetzt Sense. Spart ja auch Zeit, Geschäft ist Geschäft, die schaffen zwei Filme pro Tag stell dir das mal vor. Die haben Pillen aus Birma oder weiß der Teufel woher für Dauerständer und ein spezielles Öl zum Naßmachen wenn nötig. Manchmal sollen sogar Mädchen hinter der Kamera stehen, das sind immer die radikalsten, sie befiehlt mach dies und mach das, nicht so faul, spreiz die Beine, du Nutte, steck ihm die Zunge in den Arsch, tiefer! Fickt sie jetzt beide Jungs, du hör auf dich zu wehren, los, schlagt sie schlagt sie fester die schreit nur weil es ihr gefällt, ich will sie schreien hören, na los, die Frau hinter der Kamera befiehlt. Und du der Ficker die Fickerin du darfst nicht diskutieren sonst setzen sie dich ohne einen müden Franc vor die Tür. Das bringt riesig was ein, Chimo. Ein Weltmarkt sagen sie, vor allem die Blonden von überallher, wie ich, trotz der Konkurrenz aus Rußland oder auch Polen, da drüben gibt es jede Menge Weiber die alles mitmachen. Die Nachfrage geht je nach Farbe, das habe ich gelernt. Die Japaner zum Beispiel wollen keine schwarzen Frauen, hätte ich nie gedacht, aber nein, kommt nicht in Frage, und auch nicht zu große

Schwänze damit die Zuschauer keine Minderwertigkeitskomplexe kriegen. So schnell abgedrehte Amateurfilme, stell dirs vor, zwei drei pro Tag, und die reisen dann quer durch die Welt, du glaubst es nicht, bei den Eskimos ist alles voll Videos und quer durch die Sahara per Karawane. Und je länger das geht, desto begehrter sind die Blonden weil wie es aussieht stirbt die weiße Rasse langsam aus, wir werden selten Chimo, also ich du nicht, in Afrika sind sie total verrückt danach, vor allem wenn man sieht daß das Blond echt ist, zum Beispiel wenn das Mädchen sich mit Seife wäscht und es bleibt trotzdem blond. Und jetzt mit dem ganzen neuen Zeug, Laserplatten, den Dingern, den CD-Roms, genau, da kann ein Mädchen, wenn es nicht zu schlecht aussieht und nicht faul ist und seinen Hintern nicht geizig für seinen Prinzen reserviert, da kann es gut und gerne zwei dreitausend cash am Tag machen, das ist mehr als beim Dealen. Was heißt hier am Tag? An einem Nachmittag oder Abend. Zwei oder dreitausend für nichts als ficken, stell dir das mal vor!“

Da bleiben die Wörter am Rand ihres Mundes stehen. Als ob sie die ganze Zeit geträumt hätte und jetzt ist es vorbei.

Sie schweigt genauso laut wie sie geredet hat.

Da frage ich sie:

„Hast du das gemacht?“

Nein sie schüttelt den Kopf, nur einmal.

„Sicher?“ frage ich.

„Du bist nicht mein Bruder“, sagt sie.

„Nein“, sage ich.

Und sie dann wieder:

„Ich hab gesagt ich bin Jungfrau und ich will viertausend. Sie haben gesagt, sie werden es sich überlegen.“

„Und wenn sie sehen daß du nicht mehr Jungfrau bist?“

„Das sehen sie nicht“, sagt sie.

Dann schaut sie mich an und fragt nochmal:

„Warum werde ich schon naß, wenn ich nur dran denke?“

„Dich zu sehen oder daß andere dich sehen?“

„Beides. Vor allem daß ich mich sehe.“

Ich sage, ich weiß nicht warum, das kapiere ich nicht und das stimmt. Aber ihr den Gefallen nicht tun, sie nicht filmen, obwohl ich irre Schiß davor habe, das kann ich nicht. Ich hätte zuviel Angst daß sie hinterher sauer ist und nicht mehr mit mir spricht und ich sie für immer verliere.

Sie könnte viel von mir verlangen das weiß sie, sehr sehr viel, sogar was Idiotisches einmal oder zweimal. Ihre Stimme ihre Augen, da gibt es nur ja und nochmals ja. Ich weiß kein anderes Wort als Antwort für sie. Heute hat sie ein blaues Band im Haar, ein bißchen wie bei Karate da wirkt ihre blasse Stirn noch höher, an der Seite sieht man eine dünne ganz kurvige Ader und ihr Blut fließt dadrin, wie ein Fluß von sehr weitem in einem Erdkundebuch einem Atlas, eine blaue Ader zum Paradies.

Sie sagt jetzt:

„Das ist es eben, es besorgt kriegen reicht nicht, den Schwanz spüren reicht nicht, das genügt nicht man muß es auch sehen. Ich weiß nicht, ob du das verstehen kannst. Du mußt sehen können, daß du es da besorgt kriegst, du du, daß du diesen Prügel in dir drin hast. Das hilft toll zu kommen, das geht tiefer, so ist es besser, als würdest du es mit zwei Kerlen auf einmal treiben, einer hier und einer im Spiegel, fast schämst du dich."

Ich finde es komisch daß es ihr Spaß macht, wenn sie sich schämt aber ich sage nichts.

Jedesmal wenn ich mit ihr zusammen bin merke ich, wie wahnsinnig viel Sachen ich nicht weiß, dabei ist sie jünger als ich.

Jetzt kommt sie wieder auf mich zu sprechen, sie fragt mich:

„Also machst dus?"

„Muß erst eine Kamera auftreiben."

„Treibst du schnell eine auf?"

„Und wo soll es dann laufen?" frage ich.

„Sage ich dir dann. Ich weiß auch noch nicht. Kommt drauf an."

Jetzt muß ich ein paar Sachen erklären über das Leben wie das hier so läuft.

Die Kamera kriege ich natürlich schnell, brauche ich nur zu klauen, oder ein anderer klaut sie und leiht sie mir dann, aber dafür brauche ich Geld und das habe ich nicht. So ein Ding behält man aber nicht, das ist viel wert, normal geht sowas gleich an die vom Bizness weiter, so kleine heimliche Geschäfte, was man hier so unter der Plane weg nennt oder vom LKW gefallen, sonntags ist das ein richtiger Flohmarkt mit Unterhaltungsmusik und Majoretten oder ganz einfach an der Straßenecke, alles mehr oder weniger dieselben Kanäle wie für Autoradios und gebrauchte Stereoanlagen. Klar geht das für ein Zehntel vom Preis weg mit noch ein bißchen Spielraum für Verhandlungen, da macht schon jeder seinen Schnitt, aber die vom Bizness haben gleich die Hand drauf, ich meine die Sachen sind nicht wochenlang da und warten.

Du kannst dich natürlich auch diskret erkundigen, ob du nicht vielleicht wen kennst, der die Ware hier oder sonstwo gerade hat, aber daß du sie genau an dem Tag kriegst wo du sie brauchst, das ist wahnsinnig selten. Vor allem wenn du wie die anderen Jungs und ich nichts in der Tasche hast. Du mußt das Ding suchen um das es dir geht, übrigens kannst du es auch in Auftrag geben und ein Angebot machen.

Petit Maurice kennt einen Antiquitätenhändler bei Beauvais, der hat richtig eine Art Katalog mit Fotos von Möbeln drin und auch von Vasen und sowas, Farbfotos, die zeigt er seinen Kunden damit die sich was aussuchen, ich will das hier und ich nehme dies Bild da, nur daß er die Sachen nicht wirklich auf Lager hat, die stehen immer noch schön ruhig und warm bei den Eigentümern, der Typ hat sich genau erkundigt wenn man so will, und wenn ein Möbel wem gefällt, wenn es richtig bestellt ist und sogar schon mit Anzahlung, dann schickt er welche los, die es für ihn abholen. Das ist eben höhere Organisation, er sagt lohnt sich doch nicht was zu klauen, wenn man nicht sicher ist daß man es verkauft, einmal hat er sogar sagt Petit Maurice, obwohl was der manchmal so alles erzählt, einmal hat er eine alte Kommode aus seinem Katalog ausgerechnet dem Eigentümer angeboten, der hat sie sofort erkannt. Soll Mordsärger gegeben haben von wegen, das ist ja meine Kommode, mit Polizei und allem drum und dran aber am Ende hat es sich arrangiert, der Antiquitätenhändler hat das Foto ausgetauscht oder so, der Typ hat die Klage zurückgezogen und sich für das Theater entschuldigt, ach bitte verzeihen Sie Monsieur, irren ist menschlich, ich sehe es direkt vor mir, sogar Champagner sollen sie miteinander getrunken haben auf gute Freundschaft, und am

Wochenende danach haben sie sie ihm geklaut seine Kommode, soll jetzt auf einem Bauernhof in Kanada stehen, und vier fünf Teile Kleinzeug gleich mit.

Nein, muß man schon zugeben, von dieser Klasse wir sind weit entfernt, wir sind kleine Winzlinge.

Ein paar Beispiele, wie wir legal ein bißchen was reinkriegen:

Blut in der Ambulanz verkaufen, einmal pro Monat, öfter nicht, wie gesagt, aber das Blut bringt so gut wie nichts.

Auf dem Friedhof helfen, die Gräber in Ordnung bringen, kurz vor Allerseelen, ist so eine Idee aus Marseille, taugt aber nur für die Saison.

Die Mädchen überzeugen daß jetzt kurze Haare in Mode sind, dann schneiden sie sich ihr Haar ab und du verkaufst es für Perücken.

Manchmal im Herbst für die Stadtverwaltung Laub zusammenkehren oder die Taubenscheiße in den Grünanlagen wegkratzen.

Den Alten ihre Pakete die Treppe hochtragen wenn der Aufzug kaputt ist, also sozusagen immer. Und ihnen den Müll runterbringen, ein paar schmeißen ihn nicht einfach aus dem Fenster. Aber die Alten sind auch alle beschissen dran.

Seinen Saft an die Samenbank verkaufen, aber das geht nur einmal pro Jahr weil die Konkurrenz groß ist, alle wollen sich gern mal für fünfundzwanzig Franc einen schütteln.

Die Felle von den geschlachteten Schafen besorgen, in Pantin ist ein polnischer Kürschner, der kauft sie für sechzig pro Stück.

Kaputtes Kinderspielzeug aufsammeln, ein bißchen reparieren und dann auf dem Flohmarkt verkaufen, aber das ist viel Arbeit und die Pakistanis machen das auch schon.

Gras schneiden und denen verkaufen, die ein Kaninchen haben, aber oft machen die das schon selber, außerdem kann man dann noch die Kaninchenfelle verkaufen.

Beim Metzger die Schlachtabfälle holen und kleinmachen als Katzenfutter, aber dazu braucht man ein bißchen Werkzeug, außerdem ist es auch viel Arbeit und bringt nicht groß was ein.

Leicht zu sehen daß das alles nicht weit führt, also versucht man es bald mit was Illegalem, mit Klauen, klar. Und klauen kann man alles, weil man kann alles wieder verkaufen oder fast. Letztes Jahr in Aubervilliers hat sich eine Bande auf die Blitzentführung von Schuhen am Eingang von den Moscheen in der Gegend spezialisiert, vor allem Turnschuhe, die wird man leicht wieder los, bis nach Afrika und in den Iran werden die geschickt, wo sowas Mangelware ist aber dann haben die Imams Schränke und Schlösser gekauft und da war Schluß.

Man kann auch den Gigolo spielen, das ist der Traum von allen jungen Männern, eine schöne fette Gallierin, vierzig oder sogar fünfzig, die vor Geld stinkt und sich einmal die Woche von dir vögeln läßt, aber das bleibt die ganze Jugend lang Phantasie und in Wahrheit platzen dir eher die Eier.

Du kannst dich auch hinsetzen, das Maul aufsperren und hoffen daß die Krümel vom Tisch reinfallen, in sechs Jahren kriegst du Langzeitarbeitslosenhilfe, bis dahin mal hier eine Besorgung die nicht ganz sauber ist, oder da ein bißchen Schmiere stehen für die Dealer wenn die wo arbeiten, oder Reifen klauen Antennen Scheinwerfer, alles was draußen ist, ist erreichbar und kommt blitzschnell weg sogar Hunde von der Leine oder Katzen vom Fensterbrett für Tierversuche, oder du räumst ein ganzes Schaufenster aus wenn abends mal großer Krawall ist, richtig Aufstand.

Trotzdem, das alles klappt nicht oft und schnell kriegst du einen mit der Knarre verpaßt. Also macht man alles was sich gerade bietet, das heißt vor allem die Handtaschen von den Weibern mit Rasierklinge oder auch ohne für die Riemen. Kommt bloß drauf an, das Ding schnell zu schnappen und sich zu verpissen, meist wirft man die Tasche einem Freund zu und der manchmal sogar noch einem anderen, wie beim Rugbyspielen, durch die Luft. Vor Banken bringt das am meisten oder auch vor großen Geschäften oder den Kassen für die Busfahrkarten, da ist nie viel los außerdem scheißen die Busfahrer drauf, aber am besten ist es abends wenn sie nach Hause kommen und es schon dunkel wird. Du stehst zu zweit vor einer Tür auf dem Bürgersteig und wartest und unterhältst dich friedlich, das geht aber nur in Vierteln die weit weg sind oder auch in Paris ist es ok, aber in Paris gibt es schon eigene Banden, die haben das Gelände aufgeteilt und gönnen es niemand anderem, also du stehst dann da zwei oder drei Meter von der Tür entfernt, klar kennst du nicht den Zahlencode vom Türöffner, du siehst wie sie kommt, am besten sie ist allein, kommt aus dem Restaurant oder aus dem Theater und hat ein bißchen was gepichelt sie ist müde hat nur noch ihre weißen Laken im Kopf und du wartest unschuldig daß sie ihren Zahlencode eingegeben hat, du redest weiter, vor allem schau sie nicht an, sie drückt die Tür auf und dann geht sie rein, aber praktisch, seit es diese Codes gibt, braucht die Tür fünf sechs Sekunden bis sie wieder zu ist, du springst hin, schon bist du im Hausflur, der ist meist nicht besonders hell, du schnappst dir die Handtasche, die Alte schreit aber vor allem aus Angst und Panik, sie bleibt einen Moment wie angenagelt stehen, du bist schon wieder aus der Haustür, dein Kumpel draußen verpißt sich auch schnell jeder zur anderen Seite, vorher habt ihr euch verabredet für in einer Stunde.

In reichen Vierteln sind pro Handtasche immer so fünf oder sechshundert Franc drin, manchmal ein kleines Schmuckstück aber das ist selten, außerdem ist der Schmuck abends jetzt nie echt. Kreditkarten und Ausweise und so verkauft man in Bobigny für einen Appel und ein Ei. Den Rest, Schlüssel Taschentücher und den ganzen Ramsch Cremes und Pinsel was die so mit sich rumschleppen, den schmeißen wir weg. Bleibt dann noch die Tasche, wenn das ein Markenteil ist gibt es spezielle Wege, manchmal auch getürkt, dann kommt sie nach Belgien oder Italien zu den Straßenhändlern.

Bei dem Job gibt es immer Enttäuschungen oft weiß ich das schon vorher, aber trotzdem ist es jedesmal geil, wenn du eine Tasche aufmachst, da kommt nichts mit. Gibt immer was Unerwartetes, Brillen Postkarten ein Stück Käse sogar ein zweimal eine Knarre, Markenkulis, einmal hatte eine superfeine Dame mit Klassefrisur, fünfundsechzig war die oder mehr, einen ordentlichen Vorrat an Koks einstecken, eine andere eine Karte mit der Unterschrift „Chirac, Bürgermeister der Stadt Paris“ und Dankesworten, wieder eine andere ein lebendiges Kätzchen.

Abgesehen von so Ausnahmen ist es aber

Kleinscheiß, wirklich, Schrott, Müll. Ich bin zum Beispiel keiner von denen, die den kleinen Kindern vorm Kindergarten ihr Geld abnehmen, das kotzt mich sowas von an, genauso wie bei den ganz Alten mit kaputten Knien, aber es gibt welche, die machen das, sogar auf die brutale Tour. Das Fressen kommt vor allem anderen, wenn du nichts mehr hast, vergißt du alles, du weißt sowieso nicht viel, menschlich ist es vorbei und zwar gründlich, her damit, los sofort, entweder ich krepiere oder du, der Hunger macht dir einen leeren Kopf wie ein Loch und du zitterst du weinst, deine Rasse und die Freundschaft die Liebe alles am Arsch.

Mouloud hat sogar eine gekannt, die hatte so Hunger daß sie ihren Kindern die Reste von der Schulkantine aus den Taschen geklaut hat und dann haben sie die ganze Nacht geflennt.

Sowas von fertig sind wir, manchmal ist das echt ein Trauerspiel. Ein paar in der Nachbarschaft, in unserer Siedlung, die haben letztes Jahr im August oder September beschlossen, die Plastiken vom Square Vaillant-Couturier zu klauen. Die dachten das ist eine richtig große Sache, sie haben sich einen klapprigen Lieferwagen besorgt, Stoßbohrer einen Flaschenzug und Seile ich weiß nicht was noch alles, dann haben sie zwei Nächte lang am Wochenende zu fünft oder sechst geackert, eimerweise Schweiß und die

Hände blutig, sie hatten gehört Liebhaber in Amerika träumen von sowas und dann waren das nicht mal richtige Plastiken, nur so übliche Fünfziger-Jahre-Dinger aus Stahlbeton und gebracht haben die nur zweihundert Mäuse.

Sogar die Plastiken sind heute nur aus Beton, sogar der Tischtennistisch und der hat Hagel abgekriegt und jetzt kann man nicht mehr drauf spielen. Ein Pauker hat gesagt, Beton ist tote Materie und Plastik auch. Geht kein Leben mehr durch. Dafür und dadrin sind wir geboren, klar haben wir Herzen aus Beton.

Die Geschichte mit den Plastiken, die gar keine echte Plastiken waren, macht mich traurig und wütend. Wir hier dürfen einfach nicht dumm sein sonst ist alles aus. Und dumm sind sie oft, so dumm daß sie die Zäpfchen fressen statt sie sich in den Hintern zu schieben, so dumm daß sie denken, die Knete kommt mit dem nächsten Bus, man könnte sich den Kopf an den Bäumen einschlagen, die kümmern sich nicht drum. Auch darum verkriech ich mich und schreib das hier, ich schreibe langsam damit ich woanders sein kann, damit ich weg bin, auch wenn ich manchmal nicht anders kann und mitmache, die anderen haben eine Wand vor den Augen die können nichts anderes mehr sehen, so ist das Leben, das immer auf sie gewartet hat, ein kleines Scheißding nach dem anderen, keiner will was davon wissen, manchmal kriegen sie was übergebrannt, paar Kugeln in den Arsch oder aber sie werden geschnappt, manchmal sitzen sie dann drei vier Wochen im Bau, wo alle ihre Tricks austauschen, ich so und ich so und wenn sie rauskommen, geht der Kleinscheiß weiter, einfach so weggeschmissene Stückchen Leben, Chaos und total tote Hose.

Hier und da siehst du auch welche, die Theater spielen, sie haben eine Sparbüchse gefunden, die sie knacken können oder sie machen Musik, also natürlich immer Rap, der Rhythmus geht mir allmählich wirklich auf die Nerven, immer dasselbe, einmal geht ja zweimal ist einmal zu viel, weil sie sich ausdrücken wollen wie sie sagen, gehen sie sich gegenseitig auf den Zeiger, immer rumsbums rumsbums dieselbe verfluchte Leier, noch andere machen Klamotten, richtig mit Modenschau und so weiter, die aus La Courneuve sind sogar im Fernsehen gewesen, länger als eine Minute, kurz gesagt, ein paar schlagen sich irgendwie durch, die stecken nicht den Kopf in den Sand damit man sie nicht findet, oder dann ist da noch der Sport aber für Sport muß man von Natur aus begabt sein und krummlegen muß man sich außerdem.

Alle und vor allem die Blacks die träumen doch nur davon Michael Jordan zu sein und mit einem Wurf eimerweise Kohle zu machen, aber da kommen sie nicht dran, die können ihre Stummelärmchen soviel nach dem Korb recken, wie sie wollen, der Sieg bleibt immer gleich weit weg. Das Coolste ist die Halle mit dem Kampfsport, Boxen vor allem, wo es nach Füßen und altem Schweiß riecht, im Ring sind schon Löcher, schon die Kleinen von sechs oder sieben lassen sich die Birne matschig hauen und die Nase plattschlagen, mit Augen wie Auberginen gehen die nach Hause, alles nur damit sie nach fünf sechs Jahren merken, sie bringens nicht und was das Hirn abgekriegt hat, hat es fürs Leben.

Die allermeisten, also jedenfalls die Amateurmacker um mich herum, dieser Club von Abgefuckten und Dummbeuteln, die denken nur immer an irgendwelche Dinger, die sie drehen können, von Ding zu Ding, ein Leben aus Dingern, weißt du nicht ein Ding, ich hab da ein Ding laufen, und dann können sie noch den Bullen hinterherschnauzen, das sind Drecksäcke in Uniform und außerdem an allem schuld, ich kann die Bullen auch nicht riechen, zwei dreimal sind die sogar hinter mir her und einmal haben sie mich glatt umgehauen mit dem Schlagstock, dem langen weichen schwarzen der sich den Körperformen so gut anpaßt, am Tag danach hat mich wer vom Fernsehen für die Dreizehn-Uhr-Nachrichten interviewt, schildern Sie uns doch mal, was da vorgefallen ist, das Fernsehen, ich hab es gar nicht glauben können, was haben Sie getan, wofür sind Sie geschlagen worden, ich hab alles erzählt bis zu dem Moment wo ich ohnmächtig geworden war oder fast und was hats gebracht, sie haben es nicht gesendet.

Ich hab gesagt ich kann sie nicht riechen, da gibt es Typen dabei, die nehmen sich Sandwichs in der Bar und denken gar nicht dran zu bezahlen, wo willst du dich da beschweren, also halt die Klappe. Aber trotzdem, daß die ganze Scheiße nur an ihnen liegen soll, das finde ich ein bißchen mächtig viel. Einmal in Les Ombrages hat es einen Toten gegeben, ein junger Typ, der über die Straße gerannt ist und ein Bullenauto hat ihn plattgefahren, klar, das gibt Mordsstunk und ich hab auch Steine geworfen und vielleicht mal einen kleinen Molli, aber gut, so heiße Abende sind wirklich eher selten, die Journalisten schreien sich die Kehle wund von wegen die Vorstadt brennt, stimmt schon, an so Abenden ist schwer was fällig, danach erzählen wir uns alle Einzelheiten monatelang und alles wird aufgeblasen bis es der große Weltkrieg ist der Riesenhorror und alles.

Also das kann ich wirklich nicht glauben. Du fackelst einen Bus ab vier Karren und schlägst ein Dutzend Schaufenster ein, das ist doch kein Krieg, bild dir nichts ein. Du fackelst ab was dir in die Augen sticht und du nie kriegst. Du kriegst es nie also fackelst du es ab, das ist es, brauchst nur die Hand auszustrecken aber in die Hand kriegst du es nie, großer Unterschied. Aber wenn du glaubst, jetzt legst du die Fackel an Frankreich, dann bist du die Mücke, die denkt sie erklärt dem Elefanten den Krieg, nur daß der Dicke mit seinem Rüssel nicht mal was mitkriegt, es sei denn er hat Fernsehen.

Eins kann man schon sagen, das finde ich auch, nämlich daß den Bullen sowieso alles hinten vorbeigeht, die wohnen oft genug selber in der Vorstadt, die kümmern sich nur um Kleinscheiß, eine kleine Demo damit die Basketballkörbe repariert werden und schon kreuzen sie mit Tränengas auf, ich übertreibe wirklich so gut wie gar nicht, während die Dealer, die laufen überall offen rum wie Hasen in der Schonzeit und auch die Waffen gehen in aller Ruhe rum, echte Waffen, ich wette egal wo du bist, im Umkreis von dreihundert Metern kriegst du eine Kalashnikoff, eins a Zustand.

Unser Leben wird jeden Morgen angehalten und am nächsten Tag dieselbe Leier. Nichts von wegen Kriegszustand oder Alarmzustand, hier haben wir das lange Warten auf gar nichts, jeden Tag wirst du älter für nichts.

Für mich ist das kein Bürgerkrieg, in dem nach und nach die Bullerei fertiggemacht wird. Sogar die Sozialkitschtypen die manchmal kommen und sich um uns kümmern wollen, ich meine nicht die offiziellen vom Ministerium, die einmal pro Jahr für zwanzig Minuten aufkreuzen mit Lächeln und Blaulicht und einem Sack voll Journalisten am Arsch die ihnen in der Aussicht stehen, außerdem was sollen sie sehen, wo sowieso nichts läuft, also ich meine jetzt die echt bewegten, die reinen Herzen voller Nächstenliebe, das gibt es, muß man zugeben, die kommen und wollen das Viertel beleben, überall erzählen sie das so heilig rum, für mich klingt das wie die Wiederbelebung im Krankenhaus damals als ich gedacht hab, meine Mutter ist tot, sogar die, und dabei haben sie manchmal ein bißchen Kohle von hier oder da und können was ausgeben für uns, sogar die sind, wenn sie erstmal eine Woche lang mit uns Scherenschnitte gebastelt oder Molière auf arabisch gespielt haben, wobei das sprechen hier nur noch die Alten, genau wie Kabylisch, und selbst die nicht, höchstens in der Koranschule wo keiner ein Wort versteht, man denkt an alles mögliche außer an das Gebet, und die Werber von der bewaffneten Einsatztruppe der Schupo kriegst du nie zu sehen, obwohl die in der Metro von Vieux Chêne trommeln könnten, das ist eine andere Welt. Ok, jetzt habe ich den Faden verloren mit den Sozialtypen, also weiter, die sagen alle so kann das nicht weitergehen, so kaputt wie alles ist, man muß das Problem an der

Wurzel angehen, aber was die Wurzel sein soll, das erfährst du nie. Das sagen die also, diese Welt hätte man nie so manchen dürfen.

So sieht mein Leben aus und so soll es weitergehen. Vielleicht besser, ich fange gleich an zu sterben.

Zum Glück habe ich mein Eßzimmer in der Ruine, wie lange sie mir das noch lassen frage ich mich jeden Tag, wenn ich so über das Papier von dem Heft kritzele und wegstreiche und wieder anfange, also ich schreibe ins reine aber ich bin nie zufrieden, trotzdem tut es mir in der Seele gut, wenn ich eine Seite habe, da merke ich, da tu ich wenigstens was, ich ganz allein, auch wenn es vielleicht gequirlter Scheiß ist, gut möglich. Auf jeden Fall geht mir das nie aus dem Kopf, ich sage mir Wörter vor, selbst wenn ich gehe oder fernsehe, denke ich nur an das, wenn ich für meine Mutter einkaufen gehe, meine Schwester zu Schule bringe sie abhole, und dann vor allem am Abend wenn ich mich hinlege in meiner Ecke, ich habe nur einfach eine Matratze auf dem Boden, dann sehe ich die Wörter die Sätze vor mir im Dunkeln es explodiert überall wie Sternschnuppen, und ich sage mir den Satz da muß ich mir merken, muß ihn tief reinschreiben, am Ende schlafe ich ein der Schlaf vergißt ihn, und wenn ich morgens um drei aufstehe kommt mir alles, was mir einfällt, unter dem Strich schwach und dumm vor, und es ist meine Schuld, weil ich geschlafen habe.

Mein Problem ist auch, daß ich natürlich nicht bei der Sache bleibe, ich verzettele mich.

Jetzt also wieder zu Lila. Sie hat mich gebeten, eine Kamera zu besorgen und ich habe ja gesagt mehr oder weniger.

Sie gleitet mit den Füßen über das Gras, sie stellt die Knie auf, sofort rutscht ihr Kleid ein bißchen die Schenkel hoch, meine Augen folgen der Bewegung wie magnetisch angezogen und natürlich sehe ich die fest geschlossene Spalte darunter, sie zieht ihr harmloses Gesichtchen und sagt, als ob sie über das schöne Wetter reden würde:

„Wenn du nett zu mir bist, darfst du dir irgendwann mal wünschen daß ich dir einen blase. Hättest du Lust in meinen Mund zu spritzen Chimo?"

Wegen meiner Hautfarbe sieht man zum Glück nicht, wenn ich rot werde, aber innen drin werde ich ganz verlegen, ich strenge mich an und überwinde es und sage:

„Warum redest du mit mir immer nur über sowas?"

„Worüber sonst?" fragt sie.

Ich weiß nicht, was ich ihr vorschlagen soll, keine Ahnung.

Dann macht sie was wie beim Turnen, sie

wirft die Beine auf einmal nach hinten, wieder kann ich alles sehen, dann springt sie mit Schwung nach vorn und hopp! steht sie auf den weißen Füßen, das Kleid rutscht wieder zurecht, wie mit Engelsflügeln so ein wahnsinnsleichter Sprung, und federleicht geht sie auf ihren Häuserblock zu, ruft mir noch ein Ciao zu und dann ist sie weg.

Ich bleibe da, das ist alles für diesmal.

Ich erzähle ein bißchen über gestern, da hat es geregnet.

Wir waren alle in der Bar, im Campana, wie sagt noch immer Rubens Vater: Paß gut auf den Regen auf, vielleicht tut er nur so als ob.

So fühlt man sich wenigstens nützlich: Die Wände festhalten und den Regen überwachen.

Sami der Kellner läßt uns in Ruhe, wenn wir zu sechst drei Colas bestellen, aber nicht länger als zwei Stunden, also stehen wir um die Flipperautomaten, aber Gratisrunden gibt es heute nicht, erst morgen wieder. Also tun wir so, als ob wir spielen würden, ohne Kugeln, da gewinnt man leicht, wie wenn du auf einem Stuhl sitzt und Motorrad fährst, weniger Gefahr, daß du dabei draufgehst. Kinderkram eben.

Jetzt fangen sie an, über Lila zu reden, wie immer, als ob sie nicht da wäre.* „Das ist doch alles nicht normal“, sagt Grand Jo, „die hat sich

* Unverständlich: Lila ist tatsächlich nicht da.

ein Fahrrad gekauft, die muß irgendwoher Geld haben."

„Das Geld", sagt Petit Maurice, „ist die Rente von ihrer Tante."

„Aber die Tante hat überall Schulden", meint Mouloud. „Manchmal wird die schon gar nicht mehr bedient."

„Ganz klar womit sie ihr Geld macht", sagt Jo, „die macht die Beine breit."

„Vergiß nicht, das ist ein Herrenrad", sagt Ruben.

„Na und?"

„Sie tauscht einfach, wenn sich eine Chance bietet. Ihr Loch gegen das oder das, sowas gibts doch."

„Oder sie hat das Rad geklaut."

Ich weiß nicht mehr genau, wer jetzt was sagt, weil sie alle auf einmal die Klappe aufreißen, manchmal dazwischen harte Stille, nur noch das Geräusch vom Flipper ohne Kugeln und dann zwei Wörter hier zwei da, Sätze die anfangen aber nicht aufhören, wo ich nie weiß, wie ich die schreiben soll. Und dann wieder über Lila, die läßt ihnen offenbar keine Ruhe.

„Angeblich ist neulich abends ein dicker grauer Wagen gekommen und hat sie abgeholt. Sie hat unten auf dem Bürgersteig gewartet, sie haben im Vorüberfahren kurz die Tür aufgemacht, sie ist eingestiegen und tschüß."

„Hast du es gesehen?“

„Samy hat es gesehen.“

Samy zeigt von der Theke aus nein, er hat nichts gesehen, oder vielleicht will er es auch nicht zugeben. Aber die anderen regen sich auf, egal wenn Samy die Kiste nicht gesehen hat, dann wer anders, ein schönes Auto, ein Mercedes oder ein Audi sowas in der Art, mit Fernseher hinten drin, der war sogar an.

„Wo sie wohl hin ist mit der Kiste?“

„Sich nageln lassen, was denkst du denn? Das ist eine kleine Hure, ich wette.“

„Und je mehr du so eine düngst desto besser wächst sie.“

„Aber wenn die sich von so reichen Säcken nageln läßt, dann hat sie doch mehr Geld als nur für so ein klappriges Rad! Dann würde die sich mindestens einen Twingo kaufen!“

„Traut sich vielleicht nicht.“

„Was traut die sich nicht? Warum nicht?“

„Weil sie ihr das hier krumm nehmen würden. Stell dir mal vor, die Kleine mit einer Karre! Der würden sie doch am ersten Abend die Reifen schlitzen!“

„Stimmt, so großkotzig, das kommt hier nicht gut.“

„Und ihre Tante würde auch Fragen stellen, die ist ja nicht völlig daneben!“

„Wer weiß, vielleicht läuft sie ja sogar für ihre

Tante! So eine alte Schachtel hat genug gefickt, die fickt nicht mehr. Aber andere ficken lassen, das findet sie gut, so geht es doch immer."

Junge Arschlöcher, die vom Leben reden, als hätten sies schon hinter sich.

„Nur wenn sie das richtig groß aufziehen würde", sagt Petit Maurice, der ist jetzt voll drin in dem Traum, „dann würde die sich keinen Twingo kaufen, sondern einen Taxibetrieb. Daß sie hier irgendwann rauskommt, entschuldige mal."

„Die nehmen sie zu irgendwelchen großen Vögeleien mit", sagt Mouloud, der hat immer Druck, wenn der ein Kleid im Fenster trocknen sieht, sieht er schon rot, „die vögeln sie im Wald oder in einer Wohnung in Paris mit Teppichen, die stopfen sie zu fünft oder sechst. Oder gleich im Auto ohne auszusteigen."

„Die ziehen ringsum schwarze Vorhänge zu", sagt ein anderer.

„Die machen Musik an oder legen eine Pornokassette ein für gute Stimmung."

„Die fahren sechs oder siebenmal die Ringstraße rum und ficken sie nacheinander auf der Rückbank, sie läßt sich nageln und lutscht schon den nächsten, um ihn geil zu machen, und wenn du geschickt bist, kannst du sogar den Fahrer am Steuer ablösen ohne anzuhalten, damit der auch mal zum Schuß kommt."

Das eben hat Mouloud gesagt, der versaute Hund.

„Und wenn sie nicht mehr kann, dann bringen sie sie wieder zurück, mit ein bißchen Kohle."

„Und tschüß bis zum nächsten Fick."

Ich bin still ich höre zu, da träumen sie im Stehen, ich glaube besser ich sage nichts sonst ziehen sie mich auf, was sollte ich auch schon sagen, außerdem gut möglich daß sie recht haben, sie erzählt ja ungefähr dasselbe Zeug nur noch komplizierter, daß sie vögelt soviel sie kann und überall und dazu sogar mit Spiegeln, ich weiß nicht was ich sagen sollte, ich komme mir bescheuert vor vollkommen runter, also lasse ich still den Kopf hängen und sehe mir den Flipper ohne Kugeln an.

Klar kann ich ihnen auf gar keinen Fall erzählen was sie mir erzählt, erstmal wären sie wahnsinnig eifersüchtig und außerdem würden sie mich verklemmt finden, ein Weichei, was wartest du noch, bespring sie, ist sowieso nur eine kleine Nutte, die Blonden mit blauen Augen sind die schlimmsten Schlampen, in Afrika weiß man das genau und außerdem ist das oft genug bewiesen worden, sie läuft dir nach sie sagt versautes Zeug und du faßt sie nicht mal an, du bist wie ein Hund, der Kohldampf schiebt und die leckere Pastete nicht will, spinnst du total oder was?

Ich kann die Sätze in meinem Kopf hören als

würden sie sie zu mir sagen, ich höre sie morgens und abends und in der Nacht, ich kralle mir meine Fingernägel in die Hände, damit ich mir bloß nicht antworte aber eigentlich sage ich mir ja das stimmt ja vielleicht.

Jetzt fällt mir etwas ein, das sie zu mir gesagt hat und ich habe vergessen, es aufzuschreiben: „Ich rede gern mit dir über das alles“, hat sie gesagt. „Ich mag deine Augen wenn ich mit dir rede.“ Sie redet gern mit mir darüber.

Ich weiß wirklich nicht mehr wo ich hinsehen soll, ich weiß nicht mehr wo die Welt ist. Alles ist verrutscht. Da ist mein Kopf da sind meine Schultern, ich stehe auf meinen Füßen meine Hände liegen am Rand vom Flipperautomaten, ich erinnere mich genau an den Moment, ich höre den anderen nicht zu, aber ich höre sie, mein Herz ist im selben Moment woandershin gerast ich weiß nicht wohin, er ist nicht bei mir, dieser Muskel.

Manchmal bin ich froh über unser Geheimnis daß sie mich anschaut und daß sie mit mir spricht, ich sage mir, ich bin der einzige, vor allem der einzige hier, den sie gewichst hat und dagegen kommt das Vergessen nicht an, dann wieder bin ich völlig fertig, meine Lippen zittern leicht und tief im Magen sitzt eine traurige Tasche vor allem an den Tagen wo sie nicht da ist, wo sie vielleicht entführt worden ist ja wer weiß, wenn ich sie einen Tag und eine Nacht und noch einen Tag nicht sehe dann stelle ich sie mir mit maskierten Kerlen vor, in Zimmern mit Spiegeln an den Champs-Élysées, Spiegeln Marke Kalifornien mit einer weißen Sonne und Orangensaft und dahinter fett das Meer, und schnell sehe ich die Bilder, die sie mir schildert, schnell verjage ich sie, als hätte ich Angst, daß sie wahr werden wenn ich fest an sie denke, das ist ein neues Gefühl, ich merke wie es von überallher kommt sogar jetzt hier wo ich schreibe, ich kann nicht aufhören davon zu reden und ich weiß nicht was ich dagegen tun soll.

Mouloud macht mit seinem Traum vom weltweiten Geficke weiter, er ist völlig verloren dahinten in seinem endlosen Rudelbums in Malibu, und die anderen hören ihm zu wie einem selbstklebenden Schlager, du weißt alles was er sagt im voraus, Sex und dann immer wieder Sex sonst nichts, und ich denke an seine Alten, die ich so wenig kenne, ganz streng religiöse sind das mit sechs Kindern und zwei die tot sind, der Vater hat seine Frau noch nie nackt gesehen, nie und niemals nicht mal zufällig eine Schulter, sie haben ihre Kinder im Dunkeln tastend gemacht und vielleicht dabei den Propheten um Verzeihung gebeten.

Alles was sie im Fernsehen über die Religion erzählen ist Quatsch, von wegen daß die Terroristen aus den Vierteln stammen, wo sie ganz heiß auf Gott sind, hier bei uns wird die Religion nicht stärker im Gegenteil, die Mädchen tragen zwar Schleier, aber doch vor allem, um sich die Kerle vom Hals zu halten. Eine von Moulouds großen Schwestern hat es neulich gerade gesagt, in den islamischen Ländern ist es für die Frauen absolut nicht unbequem, daß sie von den Männern getrennt leben. Nein, hier verschwindet die Religion mit Überschallgeschwindigkeit, wir gehen noch in die Moschee, aber eher um die Zeit totzuschlagen, um welche zu sehen, die wir nicht alle Tage sehen, und das islamische Zentrum macht auch manchmal ein bißchen was für einen, die sind da echt hilfsbereit und alles, die Bartmänner rackern sich ab weil angeblich die Tradition des Glaubens eine Flaute hat, aber die können pusten soviel sie wollen, es sind ja doch fast keine Segel mehr da.

Da ist Gott dran schuld, weil der sich verpißt hat und je mehr du betest desto mehr verpißt er sich der Unsichtbare.

Neulich im Fernsehen hat ein Kanadier mit ganz weißen Haaren gesagt, wahrscheinlich gibt es in der Natur noch mindestens Milliarden bewohnter Welten. Ich konnte gar nicht glauben was ich da hörte, ja Milliarden hat er wiederholt, ganz ernsthaft, das kam ihm absolut möglich vor. Also gut, ich glaube dran daß es Gott gibt, von mir aus, aber er ist anderswo beschäftigt, er ist milliardenfach beschäftigt.

Hier ist nicht die schlimmste Ecke der Welt.

Milliarden Welten mit Vorstädten die brennen. Ganz schöne Menge Karren und Bullen.

In Le Vieux Chêne haben wir jedenfalls nie ein Wörtchen gehört von Anwerberei zum Bombenwerfen. Die Fanatiker machen auch nur Kinderkram, die spielen einem Musik vor damit man draußen rumschreit, in den anderen Siedlungen genauso. Hier sind die Leute vor allem damit beschäftigt, sich irgendwie durchzuwurschteln, erstmal das Bizness der Souk der Handel und dann und wann ein bißchen Krawall mit ein paar Flammen wenn möglich, aber bitte, da hört das auch schon wieder auf. Nicht wie im Chicago aus den „Unbestechlichen" oder wie die Fantasia-Dschihad zu Pferde auf gehts wir sterben freudig und die Kugel bringt das Paradies. Niemand hat hier Allahs Namen mit Laser an die Wolken geschrieben. Hier geht es nicht um die Eroberung der Erde, hier geht es darum, etwas zu suchen, das wir nicht finden.

In diesem Augenblick komisch hören wir wen weinen im Campana, wir drehen uns um und sehen Samy, der ist mit ausgestreckten Armen auf der Theke zusammengebrochen, heult sich die Seele aus dem Leib, wir gehen hin und schauen ihn an, Ruben fragt, was denn ist, erst will er nichts sagen und schüttelt den Kopf, und dann am Ende sagt er, er hat das Ergebnis von seinen Tests gekriegt und jetzt ist er positiv. Er weiß es seit zwei Tagen und wollte es erst geheimhalten aber jetzt ist er zusammengekracht wie ein Keks. Wir stehen da und sagen ist doch nicht schlimm, jetzt haben die doch Mittel, mit denen hältst du zehn, zwanzig Jahre durch, er soll sich nur mal Magic Johnson ansehen, wie der manchmal noch an die Körbe springt.

Klar daß Samy auf all das pfeift, würde ich auch an seiner Stelle, und da fällt Petit Maurice auf einmal ein daß sein Vater ihn ganz dringend noch für was braucht, für irgendwas und er hat es ganz vergessen, ich Idiot sagt er noch und ist schon draußen. Den anderen fällt auch gleich ein was sie noch zu tun haben, Grand Jo erzählt, er soll bei einer Hochzeit Fotos machen, einer von seinen kleinen Jobs, die er manchmal so hat, alle sagen Ciao Samy nun mach dir mal keine Sorgen, wird schon nicht so schlimm sein, und wirst schon sehen morgen ist ein anderer Tag. Sie verduften wie Fürze auf Marmor und ich bleibe noch was, ich frage ihn, ob er ein bißchen Hilfe will beim Gläserspülen oder so. Aber er richtet sich wieder auf und sagt nein, er wischt sich die Augen mit einem Lappen von der Theke und sieht mich gar nicht mehr an, er begrüßt lächelnd zwei Typen, die reinkommen und bedient sie automatisch, er weiß wie die zwei da funktionieren, der eine ist ein pensionierter Turnlehrer der andere dieser Aufpasser bei Mammouth, der bringt sein Moped fast mit bis rein, so viel Angst hat er, daß sie es ihm womöglich klauen.

Ich fühle mich allein ein bißchen verlassen also mache ich eine Bewegung mit der Hand und dann gehe ich raus, ganz leise und ziemlich kleinlaut.

Draußen bin ich immer noch ganz allein und ich gehe die Straße entlang, immer schön langsam, weil nichts treibt mich und nichts zieht mich, ich versuche nur einfach mich in meinem Kopf zu erinnern, was die anderen gesagt haben und was ich gesehen habe, das mache ich die ganze Zeit so damit ich hinterher alles aufschreiben kann, ohne mir den Kopf zu zerbrechen und da höre ich ihre Stimme, wie sie ruft: „Chimo!“

Ich dreh mich um und ich sehe sie auf ihrem Herrenrad, sie fährt wieder mal im Stehen und mit einem Rock und einem Pulli und weißen Wollstrümpfen, sie bremst ein bißchen, sie lächelt mich an wie der Himmel wenn er durch die Wolken kommt und sie sagt zu mir:

„Ich habe von dir geträumt!“

Jetzt fängt sie an um mich herumzufahren, zwei dreimal ins Pedal getreten, dann ein bißchen Freilauf, dann tritt sie wieder, ich stehe in der Mitte und drehe mich um mich selbst, ich bin der Mast vom Zirkuszelt.

„Was hast du geträumt?“ frage ich.

„Rat mal.“

Weil ich still bin, sagt sie:

„Oh, ist ganz einfach zu raten.“

Ich sage immer noch nichts, weil ich mich nichts zu sagen traue, klar da kichert sie und sie sagt, während wir uns beide immer weiter drehen:

„Dinger, wirklich unglaublich. Als ich aufgewacht bin, war ich naß wie eine Zunge. Ich hab einen Gang-Bang gemacht, Chimo.“

„Einen was?“ frage ich.

„Bang heißt auf englisch Fick, und Gang ist eine Bande, ist doch klar. Hundert waren sie, stellt dir das mal vor. Ich hab mit hundert Typen auf einmal gevögelt, und weißt du was, Chimo? Die haben alle ausgesehen wie du.“

Sie tritt stärker rein, sie reißt den Lenker plötzlich rum und verduftet, ihre Beine treten wie zwei Kolben, aber schöne aus der Natur, und über die Schulter wirft sie mir noch hin:

„Hast du an die Kamera gedacht?“

Ich habe nicht mal mehr Zeit ihr zu antworten.

Sie wird schneller wird schneller, wo sie bloß so hinrast?

Ich gehe nach Hause.

Das war gestern nachmittag, ich schreibe es heute abend auf.

Ich erzähle jetzt eine lange Geschichte. Was danach passiert, weiß ich nicht.

Es war gestern nach Mittag. Wir waren auf dem Sportplatz und spielten so bißchen mit der Fußspitze am Ball rum, wie immer gleich nach dem Essen, heute Reis und morgen Nudeln, Gerede über gar nichts wie immer weil von Montag bis Samstag nie was ist nur das Wetter ändert sich und auch das nicht jeden Tag, vielleicht liegt es auch daran, daß die anderen und ich immer mit denselben Wörtern reden, weil wir immer dasselbe sehen, und auch das ist eine Methode, die Sprache stumpfsinnig zu machen und mit der Sprache den ganzen Rest, es ist wie Wäsche, die einläuft und am Ende paßt du nicht mehr rein und es kommt dir vor, als ob du zu schnell gewachsen bist und als ob du deine Wörter schon zehntausendmal gesagt hast, den anderen zuhören ist auch armselig, denke immer gleich rede immer gleich, da kannst du gleich zu denken aufhören und den Mund halten, manchmal tut das Denken richtig weh, das ist wie wenn du morgens Jeans und T-Shirt anziehen willst und vorher noch die Liegestütze machst, jeden Tag dasselbe jeden Tag dasselbe, du siehst im Fernsehen Modeschauen, wo die Typen angezogen sind wie Tussis, bald haben sie noch Federn im Arsch, da haben sie wenigstens ihren Spaß, scheinbar gibt es Frauen und sogar Kerle, die sich dreimal am Tag umziehen wenn nicht viermal und ich stehe morgens vor denselben Klamotten wie gestern und vorgestern auch, meine Mutter wäscht nur manchmal abends eine Maschine voll bei unserer Nachbarin.

Weil ich jeden Morgen dasselbe anziehe, denke ich manchmal, ich bin derselbe wie gestern, das Leben geht für mich nicht voran, es ist wie ein Radrennen in Etappen, und es gewinnen immer dieselben, die ersten werden die ersten sein, dann kommt das große Feld und dann die lahmen Enten, die die falschen Spikes genommen haben, dann die Mercurochrom-Abonnenten und Stolperer, die mit weggedrehten Augen langschleichen, Sabber auf den Lippen und die Bürsten vom Kehrwagen im Rücken, und dann gibt es da noch welche, die das Ganze vorbeilaufen sehen und nichts merken, man wirft ihnen Mützen zu, die kleine traurige Mädchen in Asien gemacht haben, das schläfert ihre Sorgen so ein bißchen ein, den Arsch ins Gras der Böschung gekeilt, fressen sie ihr Picknick und grölen ordentlich, wenn die Meute vorbeikommt, die Gangschaltungen klingen wie ein fliegender Schwarm Grillen, danach schütteln sie sich die Ameisen ab, die ihre kurzen Hosen für eine neue Metrolinie gehalten haben, sie sammeln die Teller ein aber nicht die Abfälle, und was sie dann für eine Mühe haben, ihre Scheißkarre wiederzufinden.

Ich sage das, weil einmal als ich dreizehn war haben sie uns in einen Bus von der Stadtverwaltung gesteckt, die Tour de France anschauen fahren. Es dauert eine Minute wenn überhaupt, es macht zisch zisch und weg sind sie. Seitdem schaue ich mir das lieber im Fernsehen an da geht es länger, ich mag das, ja vor allem die Schmerzen im Gebirge. Wenn es vorbei ist, warte ich auf die Tour de France vom nächsten Jahr und abgesehen davon erwarte ich gar nichts.

Ich erwarte gar nichts und nochmal gar nichts. Ich weiß alles geht an mir vorbei, das weiß ich glaube ich schon lange. Hier kannst du keine Pläne machen, es ist, als ob irgendwer das verboten hätte.

Alles geht an mir vorbei, klar was sonst. Die anderen wissen das eigentlich auch nur die tun noch so als ob. Sie träumen davon daß sie eines schönen Tages Mordsknete haben und zehn Weiber an jedem Finger, ich nicht, das ist mir außerdem egal. Abgesehen von Lila gibt es nichts, was ich wirklich will. Abgesehen von Lila weiß ich nichts.

Aber mit ihr leben, von wegen, ich weiß, da bilde ich mir gewaltig was ein. Ich singe mir ein Lied ohne Wörter und ohne Töne vor. Jeden Tag sage ich mir das und ich schreibe es für mich auf aber am nächsten Tag geht es wieder los, Lila explodiert mir im Kopf, ich kann nie mehr an was anderes denken.

Die anderen haben einen Friedhof im Schädel, ihr Gehirn ist voller Gräber mit Gespenstern, die schweigend auf den Steinen sitzen, drin ist es immer dunkel und der Nebel ist feuchtkalt. Ich kann das nicht abschalten, vielleicht ist es falsch was ich da mache und ich mache mir das Leben nur noch komplizierter. Dreimal viermal pro Woche bin ich in meinem Büro in der Ruine und da schreibe ich. Das ist nicht die beste Methode zum Vergessen, aber wenn man mir das wegnimmt, dann werfe ich mich unter einen Schnellzug oder vielleicht doch nicht.

Gestern, also gestern nachmittag und das ist mal total ganz was anderes als sonst, da kommt plötzlich ihre Tante aus dem Haus, angezogen wie zu einer Fernsehshow, die Schminke tief in die Falten geschmiert, ein Holzkreuz in der rechten Hand, und dann schießt sie trotz ihres Gewichtes auf uns zu, erst verstehen wir nicht was sie da durcheinanderquatscht, sehr laut außerdem ihre Stimme fast schreiend, dann begreifen wir trotzdem, daß es um ihren kleinen Engel geht, mit dem stimmt was nicht.

„Einen Priester!“ kreischt die Alte. „Einen Priester einen Priester, schnell!“

Einen Priester, ich glaube ich habe hier noch nie einen gesehen oder aber sie verkleiden sich und rutschen betongrau durch und zwar schnell. Allerdings suche ich die auch nicht gerade, die Imams genausowenig. Gott kümmert sich nicht um uns, wir uns auch nicht um ihn.

Wir bleiben stehen, den Fuß am Ball, mißtrauisch, wir sehen sie kommen in ihrem Farbenwirbel. Petit Maurice fragt sie, warum sie herauskommt, wo sie sich doch noch nie gezeigt hat außer am Fenster um herumzuschnauzen, und das, wo sie seit fünf Jahren hier wohnt.

Sie schreit was in der Art: der Dämon, der Dämon!

„Was für ein Dämon?“ fragt Petit Maurice.

„Der Dämon ist oben!“

„Wo oben?“

„Da oben! Da oben! Der Dämon ist da oben!“

Die Arme ausgestreckt wie Fernsehantennen, zeigt sie mit ihrem bibbernden Wurstfinger auf das Haus, die Ringe schneiden so tief ein, daß das Fleisch über sie rüberhängt, was muß die gerannt sein, sie schnauft wie ein Tier, das gern sprechen möchte, aber wo ist ihr Herz in diesem Fettberg?

„Was für ein Dämon da oben?" fragt Petit Maurice nochmal, er ist oft der Wortführer der Clique, so ist das, die Kleinen reden immer mehr als die Großen.

Sie reckt das Holzkreuz zu dem Haus hin dann preßt sie es sich auf die Stirn, sie kriegt keinen Ton raus also versucht sie es mit Gefuchtel, sie zeigt auf ihre riesigen weichen Möpse, die wollen sich vermischen also trennt sie sie von Zeit zu Zeit, wir schauen sie an wir würden ja gerne begreifen, dann macht sie sich Hörner und reißt den Mund auf, sie streckt die Zunge raus ganz lang, sie berührt sich sogar die Zungenspitze mit dem Lorbeerblatt, das an dem Kreuz hängt, ein Geräusch wie ein alter Kuß, ihre Zungenspitze ist ganz gelb, vielleicht hat sie zuviel Safran gegessen, danach zeigt sie uns noch ihre beiden Augen, die sind voll mit kleinen roten Bächen, so deutlich daß wir total fertig dastehen und sie ansehen wie eine Erscheinung, aber das was sie uns da vorfuchtelt begreifen wir beim besten Willen nicht.

„Ich schnalle das nicht", sagt Petit Maurice.

Und Grand Jo, der ist sonst auch schon nicht der Höflichste, fragt sie:

„Hör mal, du hast wohl schlecht geträumt oder was?"

Sie hat es verstanden, sie macht die Augen zu

und wedelt dreimal mit der Hand: nein nein nein nicht geträumt. Es geht nicht um einen Alptraum oder so. Ihr Keuchen beruhigt sich ein bißchen, das ganze Oberteil von ihrer Masse hebt sich und senkt sich, vor allem senkt es sich, mit Zelluloid-Knirschen drunter. Nein nein nein nicht geträumt. Sie faßt sich an den Kopf, nicht verrückt scheint sie sagen zu wollen, ah nein verrückt absolut nicht.

„Also was, Tantchen?“ fragt Petit Maurice, ganz der coole Typ, dem es gleich langt.

Ali und sein Bruder rücken nicht von der Stelle. Bakary geht langsam zwei Schritte rückwärts als ob seine Augen auf eine dicke Schlange fallen würden oder jedenfalls was ziemlich Schreckliches.

„Der Dämon da oben“, sagt sie nochmal mit schriller Stimme.

Bakary weicht noch ein bißchen zurück, sowas kann er nicht leiden.

Und sie dann total abgehackt:

„Ihr müßt mir helfen meine Kleinen, ihr müßt mir helfen. Lila und ich haben den Dämon gesehen. Wir haben ihn gesehen ihn gesehen. Lila ist da oben geblieben, sie kann sich nicht mehr bewegen, ist erstarrt. Aber ich schnell runter, schnell schnell. Ich brauche einen Priester, verstanden? Ihr müßt mir schnell einen Priester suchen, meine Kleinen!“

„Als hätten wir sonst nichts zu tun!“ sagt Petit Maurice, der findet das absolut nicht komisch wenn ihn wer mein Kleiner nennt.

„Ach und was habt ihr sonst zu tun? Könnt ihr mir das mal verraten, ihr Tagediebe?“

So redet diese Tante nämlich: sie sagt Tagediebe oder Haufen von Faulenzern. So redet die, das ist ihre Art. Sie schimpft uns auch Heidenbengel und ungezogene Flegel und mit beidem hat sie recht. Und wenn es sie manchmal packt wie damals am Fenster, dann schimpft sie uns Ungläubige und Herumtreiber und Hochstapler und außerdem die Mörder vom Jesuskindlein. Das stimmt aber nicht hat Ali ihr mal gesagt, die Juden haben den kleinen Jesus umgebracht, nicht die Araber. Aber da explodiert die Tante wie ein Springbrunnen, sie kreischt, Juden Araber, egal das kommt aufs selbe heraus, wir sind alle an seinem Tod schuld wie wir da stehen, wir bringen ihn sogar jeden Tag und in jeder Minute um, jetzt kommt der Teufel schon gemütlich in die Häuser hoch, niemand stellt sich ihm auf der Treppe in den Weg. Wo soll das nur enden wo soll das nur enden?

Wir haben keine Ahnung wo das enden soll, außerdem ist uns das sowas von egal.

Aber sie jammert so und ringt ihre fetten Hände und nennt uns Barbaren und Schweinehunde, da sagt Grand Jo auf einmal er hilft ihr einen Priester zu finden, und vielleicht kennt er sogar einen in einer Kirche nicht weit weg. Der ist zwar alt, aber das sind ja nicht unbedingt die schlechtesten.

„Kennt er den Exorzismus?“ fragt die Tante.

Das Wort hat keiner von uns schon mal gehört, und zum Aufschreiben habe ich es in einem Wörterbuch im Geschäft nachschlagen müssen. Aber Grand Jo dreht sich zu Petit Maurice um und Petit Maurice wie immer rotzfrech, der sagt:

„Den kennt er auswendig, klar!“

„Na los schon!“ kreischt die Tante. „Was warten wir dann noch bis zum Sankt-Nimmerleins-Tag?“

Und schon sind wir unterwegs, den alten Priester aus der Kirche holen, die ist nicht weit, alle außer Bakary, der will nicht mitkommen, paßt lieber auf seinen Ball auf.

Die Tante setzt sich an die Spitze und schießt los, mit gerecktem Kreuz, sowas von bunt, wie ein Zirkusumzug, sie wackelt gefährlich auf ihren prallen schwarzen Schuhen, gleich platzen die Zehen raus, die zieht sie sicher nicht oft an, das kann man sehen, den ganzen Tag hält sie das mit Sicherheit nicht aus.

Auf der Höhe vom Campana, wo Samy der Kellner gerade die weißen Plastikstühle draußen abwischt, dieselben Stühle wie überall, er trägt jetzt eine Sonnenbrille und schaut die Alte und ihr Geschwader an wie ein Fisch ein paar Kartoffeln, die gerade absaufen, da flutsche ich zur Seite hinter einen Baum ohne daß die Tante es merkt, und ich renne zu dem Haus wo sie wohnt.

Ich laufe schnell die Treppe hoch, dieselbe Treppe wie überall aus dreckigem verschmiertem Beton unverputzt, auch dieselben Tags wie überall, du machst die Schnauze auf angeblich um zu reden, dann sagst du dasselbe wie alle anderen, da kannst du sie doch gleich lieber halten wenn du wenigstens was zu dir selber sagst, das erzähle ich mir beim Hochgehen, so schäme ich mich daß wir in so einem Dreck wohnen, ich komme hin und die Tür ist halb offen, ich drücke sie vorsichtig auf, ich kenne mich hier ja nicht aus und für den Fall daß der Dämon hinter der Tür steht und auf mich wartet gleich dahinter mit einer Gabel.

Ich gehe rein und da ist Lila, sie sitzt ganz allein auf einem Stuhl im Wohnzimmer, beide Hände auf den Knien, die sind nackt, und wie ich reinkomme, dreht sie sich zu mir um ihren hellen Kopf ihr Lächeln wie eine Kathedrale und ihre Augen die alles von mir sehen, sie sagt:

„Ich hab gewußt, daß du kommen würdest."

„Hallo", sage ich, „alles in Ordnung?"

„Hallo, Chimo. Du bist aus der Puste, du bist schnell hochgekommen."

Ich frage sie, warum ihre Tante rausgeschossen ist wie bei Bombenalarm.

„Wegen mir“, sagt sie.

Ich spüre schon daß ich jetzt wieder diese Vogelseele habe, wie jedesmal wenn sie mich anschaut und mit mir spricht, meine Beine wollen wegrennen als ob ich in einen Sumpf geraten wäre, ein Wohnzimmer wie andere Wohnzimmer auch aber dann total aufgetakelt, die Tante hat Papierblumen in die Risse von den Wänden gesteckt und goldene Nägel in alle Möbel geschlagen, eine Sozialwohnungs-Kapelle hat sie aus der Bude gemacht mit einem Christus, der wahrlich auferstanden ist, ein Propagandaplakat das sie irgendwo abgemacht hat, Christus ist auferstanden aber das Plakat ist tot, dazu noch ein großes Bild vom Erzengel Michael in rot und gelb, als Reklame für ein Mittel gegen Wanzen und Läuse, eine Reklame von Martinique aus den Sixties, die Insekten liegen da, alle Beine in die Luft und ihre Leichen werden im Feuer der Hölle schmoren.

Ich sage zu ihr:

„Was ist das für ein Dämon?“

„Ich bin das“, sagt sie.

Als wüßte ich das nicht.

„Was ist eigentlich passiert?“ frage ich.

„Ich habs ihr erzählt“, sagt sie.

„Was hast du ihr erzählt?“

„Willst dus wissen?“

Ich bin nicht ganz sicher ob ich es wirklich wissen will, ich dreh wieder durch aber auf der anderen Seite könnte ich nicht mit diesen Fragen weiterleben, jeden Tag und vor allem jede Nacht.

Auch deswegen nicke ich mit dem Kopf, ich sage ja und ich will.

Und sie erzählt:

„Heute früh hat sie mich erstmal gebadet wie ein Baby, hat mich abgetrocknet und überall betatscht wie immer und hat Kirchenlieder oder sowas dazu gesungen, und dann setzt sie mich auf den Sessel da, hockt sich davor mit einem Handtuch für meine Füße und dann spinnt sie wieder mal los, mit gefalteten Händen vor meiner Möse, von wegen das ist die Aprikose des gelobten Landes und das Brot der Engel.

Mir geht dieser ganze Zirkus allmählich auf die Nerven also sage ich, ich habe den Teufel gesehen. Ich sage: Tante, ich habe den Teufel gesehen.

Erstmal bleiben ihr die Litaneien im Hals stekken, sie sperrt den Mund auf und kriegt ihn nicht mehr zu, sie vergißt zu atmen ihre Augen sehen mich und sehen mich nicht, ich habe Angst, daß sie gleich platt ist wie ein alter Teppich und mir ohnmächtig wird, ich denke was mache ich jetzt, wie soll ich diesen Haufen da in Bewegung bringen aber dann kriegt sie doch genug Luft, um zu fragen:

„Was hast du gesehen?"

„Den Teufel."

„Du lügst."

„Nein."

„Woher willst du wissen, daß es der Teufel war?"

„Hat er mir gesagt."

Also das hier schreibe ich, Chimo, aber Lila erzählt weiter. Ich erzähle, was sie erzählt, ich weiß nicht genau, wie man das macht aber egal. Ich versuche es.

Das hier sagt Lila über die Sache mit ihrer Tante:

Sie beißt sich ein bißchen in die Finger, da neben den Ringen, das macht sie die ganze Zeit so, ich weiß nicht, ob sie das macht, um sich weh zu tun, oder um keine Dummheiten zu sagen.

Dann sagt sie:

„Es reicht nicht, wenn er es dir gesagt hat."

„Warum Tante?"

„Jeder kann sagen er ist der Teufel, und dann stimmt es gar nicht."

„Er hat das nicht nur gesagt."

„Was denn noch?"

„Er hat seinen Schwanz rausgeholt, der war rot und hat gequalmt."

Da hab ich gedacht jetzt übertreibe ich vielleicht ein bißchen, ich bin darauf gefaßt daß sie mir durchdreht, aber meine Tante will das lieber vernünftig besprechen. Wundere dich nicht, das geht oft so mit ihr, du denkst sie ist völlig in ihren Gebeten versunken, ihr ganzes Fett ist in Ekstase und auf einmal sagt sie zu dir: Dein Pullover ist verknöpft.

„Daß der rot war beweist gar nichts", sagt sie.

„Und daß er gequalmt hat?"

Da muß sie natürlich noch mal drüber nachdenken. Sie schleudert in ihre Erinnerungen weg, das kann ich deutlich erkennen. Wenn sie an ihren Titten rumfingert, dann ist sie auf Zeitreise. Ich hab nie rausgekriegt wie viele Schwänze meine Tante gehabt hat, da macht sie total ein Supergeheimnis draus, aber meine Mutter hat mal gesagt wenn man aus denen Glühbirnen machen würde, dann könnte man die ganze Place Monge für den 14. Juli beleuchten. Sie hat sogar davon gelebt, hat meine Mutter gesagt (Lilas Mutter nicht meine), damals und jetzt macht sie einen auf Heilige Jungfrau.

Aber ob sie welche hat, die qualmten, da muß sie doch erstmal noch ein bißchen nachdenken.

„Wie hat er gequalmt?" fragt sie.

„Stark. Roter Qualm und nach Schwefel hat es gerochen. Ich hab hinterher sogar das Fenster aufmachen müssen."

„Vielleicht war das nur irgendein kleiner Schweinehund, der sich einen Trick ausgedacht hat."

„Der wäre nicht so behaart gewesen Tante", sag ich zu ihr. „Und er hätte nicht so gelbe Augen gehabt und auch nicht diesen Rattenschwanz hinten dran."

„Einen Rattenschwanz?"

„Einen dicken der auf dem Boden geschleift hat."

„Und wie ist er reingekommen?"

„Das habe ich nicht gesehen. Ich hab nicht einschlafen können dann habe ich den Schwefel gerochen ein Geruch wie auf dem Schlachthof, da bin ich mal gewesen, ich hab mich umgedreht und da war er."

„Wo war er? Wo genau?"

„In meinem Schlafzimmer, Tante."

Jetzt wird sie langsam lauter, sie fragt mich:

„Aber warum mein Gott sollte er hierherkommen? Was haben wir ihm getan? Hast du ihm was getan?"

„Ich hab ihm nichts getan", sage ich.

„Hast du ihn gerufen?"

„Oh nein ich doch nicht."

„Das hier ist sowieso schon die Hölle. Warum soll da noch der Teufel kommen? Was sucht er hier? Was hat er hier gewollt?"

„Einen Engel ficken", sage ich zu ihr.

Das war jetzt wirklich der Horror für meine Tante.

Sie ist auf den Boden gefallen und hat Krämpfe gekriegt und gezuckt und immer nein nein gesagt, und gestrampelt hat sie und ich lache mich halbtot in meinem kleinen Herz, dabei bin ich nicht böse du kennst mich ja.

Ich stehe aus meinem Sessel auf und lege mich ganz nackt neben sie, ich streichle sie lieb und sage ihr mit ganz sanfter Stimme:

„Und weißt du Tante, außerdem war er nackt. Niemand aus der ganzen Siedlung wäre nackt hergekommen. Jedenfalls nicht ohne es vorher anzukündigen. Weißt du was er gesagt hat, als er gesehen hat daß ich ihn ansehe? Er hat gesagt: Ich bin gekommen um dich zu meiner Braut zu machen. Denn du bist ein Engel wie ich, Lila."

Meine Tante liegt auf dem Teppichboden und macht oh oh und immer wieder oh oh, kriegt nur ein Stoßgebet an den heiligen Michael rausgewürgt.

„Er hat eine einzige Bewegung gemacht Tante, und schon ist mein Nachthemd weggewesen, ich schwöre dirs. Ich war so nackt wie jetzt. Er hat gesagt ich soll ihm in die Augen schauen und dann hat er gesagt: Ich werde dir einen Befehl geben Lila. Du kannst jetzt noch nein sagen und ich verspreche dir daß ich gehe. Wenn du nein sagst, gehe ich, Höllenehrenwort, und du siehst mich niemals wieder. Aber wenn du meinen Befehl hören willst, wenn du nicht in den nächsten drei Sekunden nein sagst, dann mußt du mir sofort gehorchen und ohne Widerrede, kein Wort. Sonst hüte dich!"

„Oh oh", macht meine Tante, „oh oh." Und ich sage:

„Er hat sich den Schwanz mit einer Hand gehalten, als wäre der zu schwer. In Ordnung sage ich. Wenn du wüßtest, wie naß ich schon war, du kannst es dir nicht vorstellen. Du hast mich verstanden sagt er keine Diskussionen, du stellst keine Frage und gehorchst sofort. Ich sage in Ordnung, aber dann schnell jetzt."

„Oh beim heiligen Michael", sagt meine Tante mit tiefer Stimme.

„Aber weißt du Tante, der hatte es überhaupt nicht eilig, man hat gemerkt daß er Zeit hatte, verstehst du? Er hat sich ein bißchen bewegt hat gewartet, ich war schon am Tropfen, ich habs gar nicht mehr ausgehalten, dieser Geruch wie drekkiges Vieh noch dazu, dann hat er mir mit diesem gelben Blick zwischen die Augen geschaut und hat gesagt: Zeig mir dein Arschloch, Lila."

„Ah mein Gott", macht meine Tante und trampelt mit den Füßen, „ah mein Gott mein Gott."

„Und ich hab natürlich gemacht was er gesagt hat Tante. Ohne zu zögern. Ich hab ihm den

Rücken zugedreht, mich auf das Bett gekniet und hab ihm mein Arschloch hingehalten, wie er es verlangt hatte. Ich hab sogar mit meinen Händen ein bißchen die Backen auseinandergezogen, damit er besser sehen konnte. So haben wir beide gewartet ohne ein Wort, eine Minute lang oder vielleicht auch zwei, manchmal gibt es ja gar keine Zeit mehr für einen, das kennst du sicher. Ich höre nicht mal mehr wie er atmet, vielleicht atmet so ein Dämon gar nicht oder ganz anders, weil die ja im Feuer leben und ganz ohne Sauerstoff."

Ich hab meine Tante immer ganz sanft gestreichelt, ich mag sie ja eigentlich gern, das weißt du, die Frau hat nur mich, ich hab sie sogar ein bißchen zwischen den Beinen gestreichelt aber da ist gar kein Platz für die Hand, und dann bin ich ganz nah an ihr Ohr ran und hab ihr zugeflüstert, so ganz vertraulich unter Frauen:

„Dann hat er wieder mit mir gesprochen und er hat gesagt: Jetzt drehst du dich um dreckiger kleiner Engel und lutschst mir den Schwanz."

Ganz leise ihr ins Ohr. Da hat sie vielleicht Gänsehaut gekriegt meine Tante, aber kein Wort ist ihr über die Lippen gekommen nichts.

Also hab ich weitergeredet immer mit dieser sanften Stimme, damit sie es genießt, weißt du:

„Ich hab mich umgedreht, wie er gesagt hat, immer noch auf Knien auf dem Bett, ich hab mich davor gesetzt und er hat ihn auf mich zubewegt und ihn immer mit der Hand gehalten, er qualmte immer noch, mit der andern Hand hat er mir ins Haar gegriffen das finde ich toll Tante das habe ich immer toll gefunden erklär mir mal warum, du vielleicht auch sag mal, dann hat er gesagt, ich soll die Augen zumachen und den Mund aufsperren, ich gehorche ich will nichts anderes ich bin jetzt im Dunkeln, ich mache den Mund so weit auf, wie ich kann und da spüre ich dieses warme Ding, weder Knochen noch Fleisch, lauter Adern und Sehnen, hart zart rund, wie sich das bewegt hin und her und schmeckt wie sonst nichts, du kannst das mit nichts anderem vergleichen vor allem, wenn einer von so weit her von unter der Erde hochkommt, du spürst das Ding ist prallvoll und heiß, schwillt für dich ganz allein an, schwillt von Blut, erst läßt du die Zunge drunter entlanggleiten wie man das eben so macht, du kennst das ja Tante, und dann fängst du an zu lutschen, die Welt bleibt stehen mit Tag und Nacht und Kriegen und Jahreszeiten, du lutschst er hält dich bei den Haaren, als ob es um sein Leben gehen würde, du mach bloß nicht die Augen auf, lutsch, du hast sonst nichts anderes zu tun als zu lutschen, du weißt nicht mehr genau, wer du bist jetzt und auch nicht wie du heißt, das hier ist stärker als du, du bist besessen von dieser Sache und dann dazu die Vorstellung daß das aus der Hölle kommt, ich versuche ihn in die Hand zu nehmen, um ihn gleichzeitig zu wichsen aber er ist so dick, also nehme ich ihn einfach zwischen zwei Finger, so hier ich bin irgendwo ganz woanders, ich weiß nicht wo, ich denke an nichts mehr, ich bewege meine Finger ein bißchen hin und her, so hier und ich drücke auch ein bißchen, ich gebe mein Bestes, ich bin ganz weit weg ich weiß nicht wo als würde ich blind fortfliegen oder wäre in einen Brunnen mit warmem Wasser gefallen, ich ersticke nicht mal, ich lutsche lutsche ohne die Augen aufzumachen, und ich höre wie er anfängt Luft aus dem Mund rauszulassen, ein Seufzer oder zwei wie ein Mensch, ah meine Tante, ich bin glücklich."

Ich mache es wie immer mit Lila, ich versuche mich genau an die Wörter zu erinnern, die sie gesagt hat, aber ganz sicher vergesse ich auch viel. Beim Erzählen macht Lila die Augen wieder zu, sie wiegt den Kopf hin und her wie gelbe Blüten im Wind, irgendwie weggetreten sie sieht wirklich aus, als würde sie den echten Teufelsschwanz lutschen, der extra ganz allein für sie gekommen ist.

Dann sagt sie (sie hat zwei oder drei Minuten Pause gemacht, als ob sie sich an den Rausch erinnern wollte wie sie da gelutscht hat), sie sagt:

„Da seufzt meine Tante auch, ich denke weil sie es so schrecklich findet. Oder die Überraschung ist ein bißchen heftig aber sie hört mich jedenfalls, darauf kommt es an, das Leben hat sie nicht verlassen. Lebendig und stur das fette Stück.“

Lila sagt:

„Und wenn sie mir nicht zuhören will, sie hört trotzdem zu. Langsam kommt sie wieder zur Oberfläche hoch, glaubt sies glaubt sies nicht, sie kommt zu sich sie bibbert, klar ich kann ihr ihre Erinnerungen nicht stehlen, aber es ist fast als ob sie mit mir lutschen würde. Will hoffen das bringt ihr in ihrem Alter ein bißchen Genuß. Sie macht jetzt ah ... ah ... ganz leise, wie röcheln.

Das ist das erstemal daß ich mit ihr über Sex rede als großes Mädchen, das allererste. Stimmt schon man sieht die Babys jeden Tag und kriegt gar nicht mit wie die wachsen. Ich wette sie hat gedacht ich bin noch Jungfrau, stell dir das mal vor! Aber ich bin das Gegenteil von Jeanne d'Arc, meine Stimmen kommen nicht vom Himmel und sie predigen mir Liebe, nicht Krieg. Außerdem finde ich das lustig sie durchzuschütteln wie einen alten Lappen, und nur mit Wörtern. Sie macht mit da hat sie ein bißchen Ablenkung.

Also mache ich weiter, ganz allein für sie:

„Ich höre wie er seufzt, Tante, und dann richtig laut er weint fast, wie die Männer, ich weiß nicht genau was er will, ob ich es ganz fertig machen soll ihn ausleeren, aber da läßt er meine Haare los, er legt mir eine Hand auf die Stirn und sagt hastig, als ob es ganz dringend wäre, ich schwöre dir, er sagt ganz dringend:

„Dreh dich um, ich will dich in den Arsch ficken."

„Oh heiliger Michael!" meinte Tante klatscht in die Hände und ihre Füße trommeln wieder auf den Boden.

Deswegen ist er gekommen Tante, er wollte einen Engel in den Arsch ficken. Einen Engel, egal von welchem Geschlecht, von hinten kann man ihn immer ficken. Das ist mal sicher. Also zieht er mir seinen Teufelsschwanz aus dem Mund, sowas von lang das hört gar nicht mehr auf, ich frage ihn ob ich die Augen aufmachen darf, er sagt nein, dabei hätte ich das Ding so gern gesehen bevor er mich nimmt, hätte nachgesehen was ich mit ihm gemacht habe, aber ich schummle nicht ich merke mit dem da kann man nicht schummeln, ich sehe nichts an, ich drehe mich auf den Knien um, wieder so wie vorhin, aber am Bettrand, ich nehme mein Kissen gut fest damit ich reinbeißen kann wenn nötig, ich mache die Beine ein bißchen breit, damit ich in der richtigen Höhe bin, und er steckt ihn mir rein.

„Oh oh“, macht meine Tante wieder und versucht ihre Ringe abzunehmen, aber das geht nicht, ein Zeichen daß sie nervös ist, „oh oh mein Gott mein Gott“ und dann durcheinandere Wörter.

„Er steckt ihn mir nicht gleich ganz rein“, sage ich zu ihr, „obwohl er so dringend muß. Erst zieht er ihn mir gemütlich durch die Spalte, von oben nach unten dann von unten nach oben wie ein Blinder, der seinen Weg herausfinden will, dann betatscht er mir ein bißchen den Hintern auch die Möse unten und wandert wieder zum Arschloch hoch, das ich ihm hinhalte und dann spießt er mich auf. Ich weiß nicht Tante, wie so ein dicker da hinten reinpaßt, so einen dicken hatte ich noch nie drin. Vielleicht liegt es an der Wärme, daß ich so weit sein konnte oder an der Situation. Er schiebt ihn mir rein und alles gleitet vor ihm beiseite, was für ein Gefühl Tante, wie die Heiligen früher, wenn man sie gefoltert hat und sie im gleichen Moment den offenen Himmel gesehen haben, er schiebt ihn mir rein und lehnt sich ein bißchen zurück, damit er ihn mir noch besser reinschieben kann, mein ganzes Zimmer voll mit einem Geruch wie im Zoo, ich hab gespürt wie er mich mit seinen gelben Augen anschaute, das hat mir gutgetan und weh getan ich weiß nicht genau, wie ich dir das beschreiben soll, als würde dieser Schwanz mich von der Erde hochheben verstehst du, überhaupt kein Mitleid mehr, einfach damit ich begreife was ich bin, dazu auch so eine Verachtung für meine Möse die du so liebst, aber ihn hat die nicht besonders interessiert, das ist schon mal sicher, er schiebt mir seinen Schwanz rein und drückt durch bis zum Anschlag, bis er nicht weiter reingeht, ich schreie leise weil es weh tut und auch nicht weh tut, dann hat er mir mit seinen beiden haarigen Händen um die Hüfte gefaßt, er hält mich fest und jetzt fängt er an sich in mir vor und zurückzubewegen, ohne ein Wort, er fickt mich nach allen Regeln der Kunst das ist es, ich spüre mit jedem Millimeter, was er mit mir macht, ich kriege fast Lust zu schlafen, es ist wie etwas das über alles andere hinausgeht, ein Gefühl das alles übertrifft und nicht nur körperlich, ich bewege mich auf diesem Schwanz hin und her sogar meine Seele macht mit, was sucht der bloß in meinem Arsch frage ich mich, was will der von mir warum macht der das, wie kann der wissen, daß mir das Angst macht und Lust auch, ich könnte schreien aber so schreien du hast ja keine Ahnung, ich gehöre ihm, ich bin bereit alles zu nehmen was er mir gibt, ja alles, es geht ihm nicht einmal darum mich zu demütigen, er will mir nur genau zeigen, wo mein Platz ist, ganz ohne Bosheit, ich hoffe daß er es auch genießt, daß ihm die Eier rauchen, daß ich ihn spritzen fühle ihn schreien höre."

Wenn Lila spricht, höre ich mit offenem Mund zu, ich verstehe nicht mal gleich, was sie da sagt, ich nehme es nur einfach auf, das habe ich ja schon gesagt, ich nehme alles auf, dann kann ich es nachher viel leichter hinschreiben, ich spule das Band ab und brauche nur noch abzuschreiben. Wenn ich ganz allein schreiben will dann ist es eine elende Schufterei, ich dreh durch ich weiß nicht wie, ich hau mir an den Kopf, total anders, wenn ich sie reden lasse, dann geht es ganz von selbst, einfach ganz einfach keine Fragen, manchmal finde ich es schade daß ich im Unterricht nicht aufgepaßt oder irgendwo den weisen Männern zugehört habe, wo ich von allen hier das beste Gedächtnis habe, schon in der Schule bin ich der Beste gewesen wenn wir Gedichte auswendig lernen sollten, ich habe sie einmal gelesen und schon habe ich sie gekonnt, konnte sie für mich ohne einen Fehler aufsagen, auch wenn ich nachher vor den anderen so getan habe als ob ich mich verheddern würde als ob ich sie nicht richtig gelernt hätte, damit ich nicht saublöd dastehe als guter Schüler.

Sicher hat Lila mich am Ende dazu gebracht daß ich schreibe, dabei weiß ich gar nicht wem ich das Ganze hier zeigen soll, ich bin noch nie in einer Buchhandlung gewesen, vielleicht ist das was sie sagt, widerlich und kein Mensch kann es lesen, das weiß ich nicht so richtig, aber trotzdem es heißt ja, heutzutage gibt es in Büchern alle möglichen Sauereien, seitdem sich die Leute nicht mehr trauen ihren Schwanz hier und da reinzustecken von wegen dem Virus, wird statt dessen überall gevögelt, Pornofilme im Fernsehen, sogar Hardcore, meine Eltern haben das wohl mal bei den Cousins in La Plaine-Saint-Denis gesehen, sie sind total wütend abgezogen und haben geschrien, sie werden dem Bürgermeister schreiben und der Prophet wird zurückkommen, mit einer Kalashnikoff und das Verfaulte verjagen, das war noch, bevor mein Vater mit dieser Nutte aus Aubervilliers abgehauen ist, manchmal verlaufe ich mich auf den Zeilen wie jetzt, ich weiß nicht mehr wo ich angefangen habe, muß es noch mal von vorn versuchen genau, Lila hat mich dazu gebracht aber ohne es zu wissen, nie werde ich es wagen, ihr das zu zeigen wenn ich es überhaupt wem zeige.

Schon witzig dieses Gedächtnis daß ich mich an alles erinnere, was sie gesagt hat, Wort für Wort oder fast und ich sehe dabei sogar ihr Gesicht vor mir.

Also sie war dabei daß sie sagte, sie wollte fühlen wie er sie vollspritzt, sowas erzählt sie mir ja immer, und jetzt hat sie das also ihrer Tante erzählt, die hat halbtot auf dem Sonderangebots-Teppichboden im Wohnzimmer gelegen.

„In dem Augenblick Tante, ist mir auch klargeworden daß das wirklich der Teufel ist. Weißt du woran ich das erkannt habe? Willst du es wissen?"

Sie hat nicht direkt geantwortet, weil die Aufregung ihr in der Kehle gesessen hat aber ihr Kinn hat jaja gemacht so von oben nach unten, ja sie wollte es wissen oh ja ihr Kinn wollte es wissen.

Also mache ich meine Stimme noch sanfter und sage zu ihr, vor allem ganz ohne Eile:

„Weil auf einmal, du weißt ja, ich hatte die Augen zu, auf einmal spüre ich den Geruch von einem Schwanz vor mir, du verstehst Tante, vor mir, nicht mehr hinten, und dann legt sich warmes Fleisch auf meinen Mund, ich kann nicht anders ich mache die Lippen auf als hätte ich Hunger drauf und ein anderer dicker Schwanz schiebt sich mir langsam in den Mund, ich sage ein anderer weil den ersten den hatte ich immer noch hinten drin der spießte mich auf, und dazu der Schwefelgeruch, die zwei Schwänze scheinen sich abzusprechen sie nehmen genau denselben Rhythmus auf einer vorn und einer hinten, und in dem Augenblick habe ich etwas gemacht, das hätte ich nicht tun sollen, aber da hatte ich den Beweis. Willst du wissen was ich gemacht habe Tante?"

Ihr Gelatinekinn schwabbelt hoch und runter, und ich höre ein leises „oh oh". Ja sie will wissen was ich gemacht habe, oh ja.

Also sage ich zu ihr:

„Ich habe die Augen aufgemacht.“

Ich warte erstmal zwei drei Sekunden daß sie sich ausmalt was sie gleich zu hören kriegt, dann rede ich weiter:

„Und da habe ich gesehen daß es derselbe war. Vor mir war derselbe wie hinter mir mit seinen Schwefelaugen und dem Rattenschwanz, der überall die Möbel peitschte. Derselbe, Tante ich schwör dirs. Kein anderer hätte in die Wohnung kommen können. Er hat sich verdoppelt verstehst du, aus eins mach zwei, garantiert kann nur ein Teufel sowas außerdem waren beide Schwänze rot und haben gequalmt.“

Und da auf einmal versucht meine Tante etwas, damit habe ich nicht gerechnet, sie schaukelt von rechts nach links von links nach rechts, dann nimmt sie Schwung und fängt an, über den Boden zu rollen wie ein liebeskrankes Nilpferd, sowas habe ich noch nie gesehen aber so stelle ich mir das vor, sie kommt zu dem einen Fuß vorne rechts von ihrem Sessel mit den Nägeln, den finde ich übrigens gräßlich nebenbei gesagt, den da drüben, sie packt den Fuß und ich weiß nicht wie sie das schafft sich da hochzuziehen, sie schnauft wie mit hundertzwanzig Stundenkilometern, ein Knie dann das andere dann der Hintern mit einem Ruck, ihr Rücken richtet sich auf, da steht sie und hält sich an der Lehne fest und sagt: „Rühr dich nicht von der Stelle.“

Sie geht supermühsam zum Bad, macht die Tür auf und bevor sie reingeht, sagt sie nochmal:

„Rühr dich bloß nicht von der Stelle. Ich muß mal aus dem Haus."

Und dann schließt sie sich ein, mehr als eine halbe Stunde, falls dus wissen willst, das ist ein total seltenes Ereignis, wenn sie mal aus dem Haus geht, ich ziehe mich in der Zwischenzeit ein bißchen an wie du mich jetzt hier siehst, meinen Lederrock und den schwarzen Pullover, als sie wieder rauskommt ist sie ganz in Technicolor, sie sagt nochmal ich soll mich nicht von der Stelle rühren und sie wird mich retten, ich soll mich ganz dicht neben das Bild vom heiligen Michael setzen wenn ich Angst kriege daß der andere wiederkommt, und dann stürmt sie raus.

Jetzt ist Lila still und sieht aus als wollte sie sagen den Rest kenne ich ja.

Und ich sage:

„Sie hat geschrien, daß sie ihn auch gesehen hat."

„Das ist nicht wahr."

„Lila und ich haben den Dämon gesehen, hat sie gesagt."

„Hat er sie vielleicht auch gevögelt?"

„Das hat sie nicht gesagt."

„Ich sage dir sie hat ihn nicht gesehen."

„Sie hat gesagt ja."

„Sie hat ihn nicht sehen können weil sie nicht dagewesen ist! Ich habe ihr alles erzählt. Scheiße Chimo, jetzt mal ehrlich, glaubst du meiner Tante oder mir?"

„Ich glaube dir Lila."

Sie schenkt mir so ein Frühlingslächeln und sagt:

„Wenn du mir nicht glaubst, dann weiß ich offen gesagt nicht, warum du dir das anhörst."

„Stimmt das denn?"

„Was?"

„Die Sache mit dem Teufel."

„Siehst du was du für einer bist", meint sie. „Du sagst du glaubst mir, und dann fragst du, ob es stimmt. Natürlich stimmt es. Wie ich es dir erzählt habe. Ich habe sogar vergessen zu sagen daß er Krallen hatte, willst du die Abdrücke sehen?"

Sie zieht den Lederrock hoch, der schon eng anliegt, sie hat immer Lust was zu zeigen, trotzdem lacht sie noch dabei, ich weiß nicht ob ich sie besser aufhalten oder nichts sagen soll, aber in dem Augenblick höre ich Lärm auf der Treppe und sie kommen alle rein erst die Tante mit ein paar von meiner Clique und einem jungen Priester mit Brille in Zivil, so einer der auf cool macht und trotzdem vorsichtig ist, ohne Angst hinter jedem Busch einen versteckten Teufel zu sehen, aber das ist nicht der Alte, den Grand Jo kennt sondern ein neuer, den ihnen wer empfohlen hat. Der fängt gleich an mit Fragen wann und wo, er will sogar das Zimmer sehen wo das übernatürliche Ereignis stattgefunden haben soll, dann gibt es etwas Verwirrung, weil Lilas Antworten nicht mit den Visionen von der Tante übereinstimmen, hat die Tante den Teufel nun gesehen oder nicht da gibt es Zoff und Geschrei, ich glaube das geht nicht mehr lange gut, ein paar finden das schon langweilig außerdem erzählt Lila absolut nicht mehr dasselbe wie mir, kein Wort mehr von dem Höllenfick nur daß der Teufel erschienen ist und ihr wahnsinnig Angst gemacht hat, sie zwinkert mir zu drei oder viermal wie um mir zu sagen sei still, vielleicht meint sie jetzt haben wir noch ein Geheimnis, und die rasende Alte begreift gar nichts mehr, sie weiß nicht mal mehr ob Lila ihr die Sache mit dem Sex und so erzählt hat, die Tante phantasiert nur was von wegen der Teufel hat das Fleisch und die Seele von einem Engel auf Erden holen wollen, danach fängt sie mit Gebeten an, mir wird klar, ich habe schon den Kuchen gehabt und alle Rosinen, noch einen Nachtisch gibt es nicht, also verziehe ich mich diskret um das Ganze aufzuschreiben, schnell bevor ich es vergesse.

Also hier höre ich jetzt auch erstmal auf.

Weil der Priester einer von der modernen Sorte ist, hat er die Geschichte mit dem Teufel nicht wirklich geglaubt denke ich, obwohl zu der Tante ist er sehr freundlich gewesen, die war ja auch erschüttert bis in die letzte Zelle, trotzdem hat er gesagt Teufel machen sich heutzutage eher rar, auch wenn das Religiöse wieder mehr im Kommen ist und daß man das Mädchen vielleicht mal untersuchen müßte, dagegen gibt es ja auch Medikamente. Also er hat alles runtergeredet, keine Lust sich in die Nesseln zu setzen, hat wohl gemeint das ist Sache des Arztes das geht mich nichts an, und dann hat er sich verpißt mit seinen honigsüßen Worten.

Aber die Tante hat Stück für Stück die ganze Sache ausgequatscht von wegen der Erscheinung mit dem qualmenden Schwanz und dem heißen Fick, total überzeugt und da war in der Siedlung wirklich der Teufel los. Die Mehrheit der Leute hier glaubt daran, geschafft, jetzt ist der Teufel in Le Vieux Chêne, nicht woanders stellt euch vor, hier in Le Vieux Chêne, da haben wir mal was das die anderen nicht haben, und ich weiß aber was das eigentlich ist nämlich Lila. Aber die anderen denken gar nicht mal an sie, die fühlen sich eher wie was Besonderes als ob sie sechs Richtige im Lotto hätten, die sind sogar ganz stolz, der Teufel das ist doch was nicht wahr, sofort haben sie angefangen überall den Leibhaftigen zu sehen, mit Böcken und Hörnern und fliegenden Besen.

Ich frage mich da eher was der Teufel hier groß will. Ich an seiner Stelle würde ja lieber in die besseren Viertel gehen, je mehr Geld du hast desto schwerer wird deine Seele. Hier ist schon das Parkhaus sowas von dreckig, es regnet sogar unter der Erde rein, wir nennen es das Krötenhaus, die Sporthalle ist derart runter da ist sogar die Reckstange verbogen, alles ist schlimm, wenn du eine oder zwei Stunden hinschaust, siehst du wie vor deinen Augen der Putz von den Gebäuden abfällt, alle Mädchen rennen vor dir weg außer zwei oder drei, aber vor denen ekeln sich sogar die Hunde, du kannst sie nicht mal zum Tanzen einladen weil du nichts hast, und die anderen gehen auf den Strich und schauen dich nur mit so einem verschlafenen Blick an, einem Blick, der weiß daß in deinen Taschen Wüste herrscht, morgens mittags abends hast du nichts zu tun als rumzulungern, sogar in deinen Träumen hast du keine Pläne mehr und jetzt noch dazu der Teufel, ich finde da gibt es nur zwei Möglichkeiten: Entweder hat er sich geirrt weil ihn gerade niemand richtig gebraucht hat, er fällt wie Regen ins Meer das hier ist sowieso schon die Hölle hat die Tante ja gesagt, oder aber im Gegenteil willkommen großer Bruder gute Wahl das, nimm wen du willst, ohne dich war das wirklich sterbenslangweilig hier ja du hast uns gefehlt ich schwörs.

Da fällt mir auf einmal mein Vater ein, der ist abgehauen als ich zwölf war, der hat immer gesagt, Kleiner paß auf, in der Hölle gibt es keinen Ventilator. Ich hab nicht verstanden was er damit gemeint hat jetzt verstehe ich es. Der hatte so seine Redensarten, war immer total schlecht drauf mein Vater und manchmal geht es mir genauso. Zum Beispiel hat er gesagt: Wenn es mal Schuhe regnen sollte, dann bin ich ganz sicher eine Schlange, oder aber wenn ich Sarghändler wäre, würde keiner mehr sterben, wenn es Suppe regnen würde, hätte ich sowieso nur eine Gabel, wenn ich einen Haufen Nebel erben sollte, würde die Sonne immer scheinen, auch nachts. Wenn ihn wer fragte, wo er herkam, hat er geantwortet: Ich komme nicht von zu Hause, und ich hab nie begriffen, wie er das meinte.

Er sagte auch: Die einen essen Datteln, den anderen wirft man die Kerne hin.

Manchmal denke ich an ihn wenn ich gar nicht darauf gefaßt bin, dabei höre ich nie was von ihm, zum Beispiel ob er noch andere Kinder hat mit dieser Nutte oder so, wo er jetzt lebt mit seinem Unglück, ich habe nur noch diese Sätze die er den ganzen Tag lang sagte, sogar sein Gesicht vergesse ich.

Da denke ich, noch was ist komisch: Du weißt, morgen wird alles genauso sein, und trotzdem willst du am liebsten daß es schon morgen ist, daß die verfickte Zeit schnell schnell vergeht und dir dasselbe bringt oder noch was Schlimmeres.

Ich bin ohne nichts geboren und hab immer noch nichts. Und morgen ist auch nichts.

Darum frage ich mich warum man auf so einem Planeten nie in Ruhe leben kann, warum die einen alles haben und die anderen nur Not und warum zermatschen die Bauern im Sommer tonnenweise Tomaten und du hast Hunger, warum warum ist alles auf der Welt so durcheinander und kompliziert verfluchte Scheiße warum.*

---

* Die beiden letzten Absätze stehen ohne weiteren Hinweis am Rand von Seite 50 des Manuskripts. Wir haben sie wie in der französischen Ausgabe an das Ende des Kapitels gesetzt.

Nach ein zwei Tagen haben alle den Teufel vom Fenster aus gesehen gehabt, die Martinikaner aus Haus B haben gesagt, der Sowieso-Zombie der sie schon da unten gequält hat, hat sie jetzt gefunden, also herrscht jetzt Panik bei ihren Miezen Gebete Gebibber und so, die haben sogar einen Hahn geopfert, die Malier aus Haus C haben aber gesagt von Voodoo-Zombie kann gar keine Rede sein, das ist doch alles Karneval, der Teufel kommt ganz sicher aus Afrika, nur da unten gibt es qualmende Schwänze und außerdem die Sache mit der Verdoppelung, das ist da unten so üblich, ganz klar das ist der Geist von Tatamoké oder von Bouboubadou oder von wer weiß wem, der ist über die Wüste und das Meer gehüpft, nur der bringt sowas fertig und jetzt wird er mit seinem Riesenprügel über alle Mädchen kommen wie erst bei Lila, die Stunde ist da und der wird sogar Helfer brauchen aber wozu weiß man auch nicht genau, da hat jeder so seine Vorstellungen nur ich habe keine. Für die einen ist das eine wahnsinnig aufregende Sache die anderen haben so Angst, daß ihnen fast die Eier abfallen und auf der Bank liegenblieben. Die altmodischen Katholiken aus der Siedlung, die sind eine vom Aussterben bedrohte Minderheit, denn Christus ist auf dem Rückzug, manche sagen schon der müßte den Papst rausschmeißen, der hat es sich auf dem Schoß von den Bullen gemütlich gemacht, der küßt jede Scheiße, die Katholiken aus der Siedlung, die noch richtig glauben, haben eine Prozession organisiert mit Weihwasser und Exorzismus, jetzt kenne ich das Wort, da habe ich wenigstens was dabei gelernt fürs Leben Satan verschwinde dreckiges Vieh, Flaggen haben sie getragen, die haben ausgesehen wie Reklame für Wurst aus der Auvergne, die vom heiligen Michael war die größte, gut zwanzig waren das und haben den Beton und alles vollgesprenkelt aus einem silbernen Stab mit Löchern drin, die Tante vorneweg in voller Bemalung, und gesungen haben sie, da konnten einem die Zähne ausfallen.

Die Malier haben angefangen zu lachen und zu schreien wie die Tiere bei ihnen zu Hause, einer hat sogar seinen Hintern gezeigt, als der heilige Michael vorbeikam, das war einer vom afrikanischen Kampfsportverein, der hat geflochtene Schnüre ums Handgelenk und macht immer alle an auf der Straße vor dem Campana, außer wenn eine richtige Schlägerei ansteht dann nicht, beim letzten großen Wettkampf in Évreux soll er nach vier Sekunden platt gewesen sein, aber daß er hier der Fahne von dem Heiligen den Hintern gezeigt hat, das war ein bißchen heftig, die Katholiken haben vor Wut gezittert wie sie vorbeigekommen sind, ich habe gedacht, gleich gibt es einen Mini-Kreuzzug, die Tante hat auch schon ganz finster gekuckt.

Aber der Priester hat nur gelacht, manche sagen sogar, das war total unfromm, aber ich glaube, der hat lachen müssen daß er ausgerechnet in dieser Situation einen ganz schwarzen Hintern gesehen hat, aber natürlich haben sie ihm das krummgenommen, der war sicher nur da weil er nicht anders konnte, angeblich geht der zu den Kommunisten aber alles erklärt das auch nicht aber man sieht die Katholiken machen genauso einen auf hart wie alle anderen jetzt, müssen sie auch, wenn sie ihre Kundschaft halten wollen.

Am Abend ist es dann losgegangen, als die Malier ein großes Feuer gemacht und ein Schaf mit dem Messer geopfert haben, das Blut ist in der Erde versickert, und dann gegen halb elf nachts das Tamtam weil dem Teufel kann man nur nachts Schiß machen, am Tag schläft er und wichst sich einen drauf. Gegen elf dann immer noch Tamtam und wirbelnde Tänze mit Federn, überall haben welche aus den Fenstern gepöbelt,

Schnauze da unten, dann sind Pißpötte geflogen, sie haben getanzt bis Löcher im Rasen waren, irgendwer ruft die Polizei aber die scheißt doch auf Neger-Rambazamba, tanzen Sie einfach mit sagen die Bullen und der Teufel soll euch doch alle vögeln bis es euch zur Nase rauskommt, so reden die nachts wirklich, am Tag sind sie höflicher.

Da kommen die Antillaner und auch ein paar alte Katholiken runter, mit Stöcken Schraubenziehern und Schlachtermessern, sie gehen direkt auf die Malier los und es gibt sofort Riesenkrach. Wird nicht nur das Schaf geschlachtet heute abend sage ich mir, aber ich halte mich da raus, mit sowas habe ich nichts zu tun.

Es ist dunkel man sieht ziemlich wenig, alles prügelt wild drauflos sie schreien und jammern überall, ich sehe nur Schatten durcheinander, höre Keuchen und Stöhnen, ein oder zwei Karren brennen, was stehen die auch da rum, jetzt herrscht die Hölle wegen der Hölle und in die Hölle trauen die Bullen sich nicht rein, soviel ist sicher. Alle gehen wild mit dem Messer aufeinander los, wirklich beängstigend so ohne Mondlicht und dazu die Schreie der Frauen.

Und dann hört es auf man weiß nicht wieso, es fängt an nach Blut zu riechen, vielleicht ist es das, nach zehn fünfzehn Minuten verziehen sich alle mehr oder weniger außer drei oder vier die was abgekriegt haben, die bleiben da und ächzen, die sind sicher verletzt und dann sind da noch zwei Hühner, die rennen rum wie verrückt und flattern mit den Flügeln, sie rennen überall gegen sogar gegen das blutende Schaf, das ist noch nicht gebraten, Hühner müßten um diese Tageszeit schlafen oder sterben.

Drei oder vier dunkle Gestalten vertrimmen sich noch auf dem Rasen, die anderen sind weg, das Feuer unter dem Schaf geht gleich aus, immer noch ist nicht mal die Schwanzspitze von einem Bullen in der Nacht zu sehen, ich bin zur Sicherheit im Dunkeln geblieben, jetzt gehe ich langsam los, nach Hause, aber nicht über das Schlachtfeld und da ist Lila, einmal sehe ich sie und sie mich nicht, sie steht eng an einem Baum wie eine Gefangene in einem Film, den Kopf etwas geneigt, sie rührt sich nicht, sie starrt auf die Idioten, die sich da hinten immer noch prügeln.

Ich gehe hin, Stille im ganzen Körper, jetzt sehe ich sie an, sie hat die linke Hand unter dem Rock und ich sehe, wie das Leder kleine Wellen macht, dabei ist heute abend gar kein Wind, die andere Hand kann ich ganz genau sehen, sie krallt sie in die Rinde von dem Baum mit gespannten Sehnen, bis das Blut unter den Nägeln rauskommt.

Am nächsten Tag sind zwei junge Typen vom Fernsehen gekommen, die Kamera auf der Schulter, und haben die braunen Flecken auf dem Boden gefilmt und überall rumgefragt, aber nein keiner hat ihnen was sagen wollen. Sogar Grand Jo hat sie wegjagen wollen, und es stimmt, die tauchen auf wie die Fliegen wenn du Nasenbluten hast, damit die in die Vorstadt kommen muß es krachen und Blut fließen. Wir schnauzen sie an und nennen sie Aasgeier, die beiden Typen antworten das ist ihr Job, von dem sie leben und sie haben was von einem Religionskrieg gehört mit Blutopfern und vielleicht sogar dem Teufel.

Und dann haben sie was von einem blonden Mädchen gehört, das soll vergewaltigt worden sein und damit hat alles angefangen aber erstmal abwarten, wer es überhaupt vergewaltigt hat, sie fragen wo sie wohnt, in welchem Haus wenigstens aber wir sagen nicht die Wahrheit, ich weiß am besten Bescheid in der ganzen Geschichte und ich spiele den Trottel mit durchgebrannten

Sicherungen. Seid doch nett sagen sie, helft uns doch ein bißchen bitte.

Ich schiele auf die Kamera wegen meinem Plan mit Lila an den ich eigentlich gar nicht so richtig glaube, aber diese Kamera da ist zu kompliziert, mit so einem Ding würde ich nie zurechtkommen. Ich weiß daß Ruben und die anderen sie auch gesehen haben, ein richtig schönes Geschenk vom französischen Fernsehen wäre das, aber die zwei Typen passen auf, gut gut sagen sie immer mit der Ruhe, war ja vielleicht nur so ein bißchen Gemache, ist ja keiner bei draufgegangen, seid mal nicht so, wir sitzen auch oft in der Scheiße aber dann kommt eine ganze Gruppe schnell von Haus G hergegangen, drei vier Typen die Hand in der Hosentasche, da braut sich was zusammen, also klettern die zwei mit ihrer Kamera schnell in ihr Auto und zischen ab.

Petit Maurice sagt:

„Die lassen sich doch von ihrer Mutter ficken, die kommen her, als wären wir der Zoo. Da kriegst du doch Lust was anzuzünden, auch wenn du gar keine Lust dazu hast."

Danach gehen wir. Bakary und Mouloud wollen in die Avenue Émile-Zola, ein paar Windschutzscheiben putzen, aber auch das haben die Kabylen schon untereinander aufgeteilt, du mußt für deine Ampel zahlen im voraus, sonst setzt es was mit dem Rasiermesser.

Seltsam, wie manche Dinge so sind.

Wir kotzen hier auf die Siedlung von wegen es ist eine elende Schande daß man hier wohnt, sieht man daran daß die Leute alles aus den Fenstern schmeißen, aber trotzdem, du hängst an dem Beton, an dem von hier und nicht von anderswo, ich weiß nicht wie ich das sagen soll, du bist ja von hier, viele sind hier geboren, die Welt war schon geplant bevor sie da waren, nicht unbedingt so wie sie ihnen gefällt, sie müssen ja irgendwo sein und wenn sie wo sind dann nicht woanders, ihre Welt ist ein Block mit Sozialwohnungen, Beton hier wie überall, da pfeifen sie bequem auf Rasen und Bäume.

Wenn du aus der Siedlung weggehst dann fehlt sie dir.

Du kannst das nicht glauben aber trotzdem stimmt es, ich schwöre. Ja am Ende liebt man sie. Mouloud hat mir erzählt sein Onkel und seine Tante und die ganze Familie in Montfermeil haben geheult, als man ihr Hochhaus abgerissen hat, mit Dynamit. Dabei haben die unaufhörlich gegen dieses Elend angeschimpft, von wegen man darf kein menschliches Wesen in diese verpißten Saubuden stecken, und am Ende wenn man das Ding abreißt stehen sie da und flennen. Stell dir einen Vogel vor in einem Nest aus Stahlbeton, es gibt kein Stroh mehr auf der Welt und seine Eier?

Ich glaube nicht daß ich flennen könnte, wenn ich weggehe, wirklich. Klar könnte es schlimmer sein, soviel ist sicher, es könnte immer noch schlimmer sein. Die Vorstellung daß ich irgendwann irgendwo lande, natürlich immer noch ohne einen Franc in der Tasche, diese Gebirge von Geld überall und ich mit leeren Händen, wozu soll ich erst weggehen, denke ich mir, woanders gehts mir doch genauso.

Aber trotzdem, ich würde nicht flennen wenn ich gezwungen wär wegzugehen, außer wegen Lila wegen ihr schon. Sie ist der einzige Grund zum Bleiben und zum Gehen. Sonst weiß ich nicht, auf welchem Planeten ich lebe, wo Norden ist wo Süden, ich bin jetzt hier und ich könnte woanders sein, überall ist es dasselbe da bin ich sicher, wenn du arm bist bist du überall das Letzte, die Erde ist in unsichtbare Regalbretter unterteilt, du hierhin ich dahin.

Da siehst du daß die Studenten alles kleinhauen, weil sie mehr Geld für das Studium haben wollen, ich scheiß da drauf, ich kann überhaupt nicht studieren, und alle Typen auf der Straße mit ihren Spruchbändern, Knete und immer nur Knete, nicht mal das kann ich. Ich habe das Recht zu meckern nicht verloren, ich habe es nie gehabt. Außer daß die Rechten sagen, wir sind selber schuld, die allerletzten Franzosen.

Bald kracht das hier richtig.

Die Leute die hier wohnen kommen von überallher, außer Asien weil die Chinesen können sich nicht anpassen, und manchmal gibt es Zoff wie an dem Abend mit dem Teufel. Die Leute kann man nicht miteinander vermischen wie den Beton, je mehr man will daß sie gleich sind, desto mehr bleiben sie so oder so, und am Ende ganz klar da gibt es Keile.

Grand Jo hat was zu tun sagt er, wir wissen nicht was. Ich glaube, er und ein anderer Kumpel haben ein großes Stück Bauzaun rausgeschnitten und jetzt machen sie kleine Stücke draus und verkaufen sie als Grillroste.

Petit Maurice und Ruben gehen irgendwo eine Mauer festhalten, sie wissen noch nicht wo. Gerade als wir alle weggehen wollen kommt sie mit dem Rad an, Lila sieht uns von weitem zusammenstehen alle vier und sie ruft nur mich als sie vorbeifährt, sie sagt nur einfach: „Hallo Chimo!“

Als wären die anderen gar nicht da, sie sieht sie nicht, sie läßt ihre Augen durch sie durchgehen. Sie finden das nicht sehr cool, normal das, der ganze Zoff und die zerstochenen Kerle waren ja wegen ihr, zwei sind sogar im Krankenhaus mit den Schnitten, und sie fährt immer noch völlig eingebildet mit ihrem Herrenrad rum.

Wie üblich zischen sie ihr zwischen den Zähnen nach sie ist eine Hure und eine kleine

Schlampe, mehr als diese beiden Wörter wissen sie sowieso nicht, am Anfang sind sie immer richtig erstarrt gewesen wenn sie sie gesehen haben, genau wie ich, sie sagten mit ihren brennenden Blicken: An die kommen wir sowieso nicht ran, da hat sich der liebe Gott aber Mühe gegeben, an dem Tag ist er nicht faul gewesen wie sonst, egal was das kostet, es ist nicht zu teuer, und jetzt gibt es nur noch Beschimpfungen.

Vielleicht ist das auch weil sie Schiß haben, sage ich mir. Sie jagt ihnen Angst ein, und jetzt auch noch der Dämon. Ich habe auch manchmal ein bißchen Angst. Davor, wozu sie mich noch bringen könnte.

Wie sie jetzt vorbeifährt, traue ich mich vor den anderen nicht mal ihr zu antworten, ich winke nur kurz und sie fährt weiter, im Stehen.

Es ist schon Ende Oktober, bald kommt der Winter.

Jetzt kommt die Sache, die ich nicht denken kann, ich habe mir gesagt nein das schreibe ich nicht, das bringe ich nicht fertig, und jetzt schreibe ich es trotzdem bevor ich weggehe, denn danach gehe ich weg ich weiß nicht was ich anderes tun soll.

Wenn ich jemals irgendeine Hoffnung auf irgendwas gehabt habe jetzt ist es vorbei, es ist vorbei, Hoffnung kannst du nicht kaufen oder verkaufen, egal wie groß ein Geschäft ist, das haben sie nicht und du kannst sie auch keinem klauen, sogar das Wort weißt du irgendwann nicht mehr und streichst es aus deinem Kopf. Was soll ich noch groß sagen, ich weiß nichts, ich sitze allein in meiner Ruine und es wird Nacht, ich bin total durcheinander und unheimlich traurig.

Jetzt sage ich auch, es gibt den Teufel, Gott weiß ich nicht aber den Teufel auf jeden Fall, er ist überall und das Paradies ist nirgends, weil die Hölle ist kein Beweis für den Himmel.

Ich muß das aber jetzt erzählen, ich habe zwei

Kerzen mitgebracht und will es wenigstens versuchen, dabei komme ich mir vor, als ob ich auch schon nicht mehr leben würde, der Wind weht mich schon ganz leicht weg, der Regen regnet durch mich durch und prasselt auf meine Knochen. Ich rede und sage nichts, ich will nach rechts gehen und gehe nach links so ist das seit vorgestern, ich fühle mich, als ob ich das Zeug, das rumliegt, nach dem Weg fragen müßte, ich bin sogar ins falsche Stockwerk gegangen.

Ich hatte also eine Kamera aufgetrieben. Samy hat eine und die hat er mir geliehen, ziemlich alt, aber funktioniert hat sie, und eine Kassette ist auch noch dabei gewesen. Richtig gefreut habe ich mich trotzdem nicht weil ich nicht gewußt habe, ob ich den Mumm habe sie zu filmen, wie sie es will, also während sie es sich von ein oder zwei Maskierten besorgen läßt, und ich würde denken, was soll ich hier, warum tu ich das eigentlich, kriege ich auch ein Zuckerstückchen oder nicht, sie hat mal was gesagt von wegen mir schön einen blasen daß sie mich mit ihrem Mund glücklich machen will, sowas vergißt man nicht aber ich wollte mehr als das.

Auf der anderen Seite hat was in mir gebremst, brauchte ich das wirklich, ich brauchte eher was anderes und ich habe mir gesagt: Du verlierst das wenn du dir einen blasen läßt, du wirst einer wie alle anderen, einer mehr einer weniger, da kommst du im Gefühl nicht einen Schritt weiter, was zählt ist daß sie anders zu dir ist als zu den anderen, das zählt als einziges auf der Welt, sie ruft dir hallo zu und nicht den anderen, sie redet mit dir und zieht den Rock hoch, aber wenn du diesen Schritt machst, dann gehörst du nur einfach zu denen, die sie vögeln, dann bist du einer von den Namenlosen, nur noch ein Blatt am Baum und wehe wenn der Herbst kommt und der Wind.

Das alles hat mir keine Ruhe gelassen und ich bin nachts aufgestanden, habe die Kamera angeschaut und mich gefragt: Sage ich es ihr oder nicht? Ich hatte überhaupt keine Lust, bei irgendeiner Vögelei ihren Kameramann zu spielen, ich muß sogar sagen, ich hatte Angst daß es mir weh tut, wenn ich zusehen muß wie sie mit anderen vögelt, ich bin keiner, der sich für so ein Geschenk bedankt, ich hatte Angst daß ich auf einmal aus mir rausfahre alles kaputtmache und sie verliere ein für alle Mal und weg.

Aber dann habe ich mir auch gesagt: Wenn du es nicht machst dann macht es ein anderer. Gibt genug Typen, die auf Zuschauen scharf sind. Und wenn Lila sich das in den Kopf gesetzt hat, dann macht sie es auch, das ist so sicher wie daß der Winter kommt. Besser du bist es als irgendein Fremder. Sonst hättest du dir auch nicht auf dem Fahrrad einen runterholen lassen sollen.

Aber vielleicht habe ich mir das auch nur gesagt, um mir Mut zu machen, ich weiß nie was über meine Gedanken.

Ich erkläre genau wie es mir in der Woche vor dem Ganzen gegangen ist, total durcheinander, sollte ich es ihr sagen sollte ich nicht, sogar meine Schwester, die Kleine, hat das bemerkt, sie hat gefragt, ob ich verliebt bin oder unglücklich oder ob ich irgendwo vielleicht einen Job gekriegt habe, ich habe gesagt nein absolut nicht.

Jetzt bin ich in meinem Büro, es ist schwieriger zu schreiben als jemals zuvor, ich habe eben eine Kerze angezündet und sie auf einen Gipsblock geklebt, die Kerzen habe ich der Nachbarin geklaut, als ich ihr die Post gebracht habe, sie braucht die sowieso nicht, sie ist so gut wie blind, ich sitze hier und schreibe es ist dunkel oder fast, ich friere ein bißchen, angeblich ist das hier vorbei, die wollen weiterbauen und bald ist es sowieso zu kalt um hier zu sitzen, die Tage werden kürzer, das war mein Sommerbüro und fertig.

Ich werde heute abend lange schreiben, ich weiß nicht, ob die beiden Kerzen reichen.

Ich schreibe sehr undeutlich, ich kann es nicht mal selber lesen um es ins reine zu schreiben. So habe ich noch nie geschrieben.

Drei Tage vor der Sache haben Mouloud und Ruben noch gesagt, sie haben gesehen wie Lila in einer dicken Limousine oder so weggefahren ist, wieder derselbe Autotyp mit den Vorhängen an den Fenstern, aber das glaube ich nicht ganz vor allem jetzt, ich glaube die haben über sie phantasiert wie Spinner und waren scharf auf Sauereien mit ihr.

Ich merke daß es mir sehr weh tut, das im Dunkeln zu schreiben, ich habe keine Lust mehr sauber zu schreiben, egal wie, ich werde nicht mehr schreiben, sowieso, wenn sie nicht mehr mit mir spricht, was soll ich da auch schreiben und warum.

Meine Mutter hat nicht gesehen daß ich nach Hause gekommen bin, die glaubt sicher, daß ich irgendwo herumhänge und sie verflucht mich mit ihrer leisen Stimme.

Lila habe ich drei Stunden später getroffen, ganz ganz langsam ist sie die Straße entlanggegangen, beide Hände auf dem Rücken, die Füße sind über den Boden geschlurft, ich bin zu ihr hin und ich hab sie gefragt wohin bist du mit diesem Auto gefahren, sie hat gesagt was für ein Auto und hat ausgesehen, als ob sie von einer Reise zurückkommen würde.

„Meine Kumpel haben dich gesehen“, sage ich.

„Wer hat mich wie gesehen?“

„Sie haben gesehen, wie du in eine dicke Karre gestiegen und weggefahren bist.“

„Wann?“

„Na heute.“

„Deine Kumpel sind arme Idioten“, sagt sie, „hast du das noch nicht begriffen? Ruben kann nicht bis zwölf zählen, und der stinkt so, dem gehen sogar die Ameisen aus dem Weg. Und hast du Alis Zähne gesehen? Der braucht keinen Zahnarzt, der braucht einen Schornsteinfeger. Mouloud ist total besessen, für den ist die ganze Welt ein einziger Arsch, vor so einem haben die Mädchen Angst, der wichst sicher jeden Tag viermal, bis ihm der Ellbogen weh tut. Und Petit Maurice, dieser Schwätzer mit seiner grünen Haut, der redet damit keiner merkt wie kurz er geraten ist, der ist so weit vom Himmel weg daß du ihn mit einem Grashalm verwechselst, einer von diesen weichen, die die Katzen fressen, damit sie kotzen können.“

Und immer so weiter, wütend, alle kriegen ihr Fett ab, Grand Jo ist ein staatlich geprüfter Idiot, sowas von knalldoof, das haben sogar die anderen bemerkt und die sind auch nicht besser, Gallier oder nicht, alles total gestörte Flachköpfe. Ich hatte sie noch nie so reden gehört, so brutal und ernst, ich bin sowieso überrascht daß sie die alle beim Namen kennt.

„Alles zu kurz gekommene Mißgeburten, Mickerlinge. Ich schau sie nicht an wenn ich vorbeikomme, ich will mir doch nicht die Augen verderben, klar sind sie sauer, sie spucken auf mich, ich weiß das. Aber du kannst auf den Fisch spucken soviel du willst, nicht mal das ganze Meer macht ihn naß. Die können mir gar nichts. Sie nennen mich eine kleine Hure, na und? Und wenns mir Spaß macht, was solls Chimo? Wenn ich gern eine kleine Hure bin? Mich kriegen die nie, das wissen sie schon mal und da irren sie sich ausnahmsweise nicht. Lieber mache ich es mit allen Schweinehunden der Welt als mit diesen Idioten, denen hängen zu viele Fliegen am Arsch, in den Unterhosen von denen muß es hübsch aussehen. Außerdem scheiß ich drauf, alles, was die über mich sagen, rutscht doch an mir ab wie an einem Regenmantel."

Sie bleibt ein bißchen stehen, dann redet sie weiter:

„Manchmal tut es mir weh wenn ich dich mit ihnen sehe Chimo. Ich schwöre dir, es tut mir weh, ihr lebt nicht in derselben Welt. Das weiß ich auch, siehst du. Deswegen bin ich nett zu dir, aber nur zu dir. Denn ich bin wirklich nett, da kannst du nichts gegen sagen."

Ich widerspreche nicht.

Ich bin ein bißchen erschüttert wegen dem was mir gerade passiert, darauf bin ich nicht gefaßt gewesen daß sie über mich persönlich redet, das hat sie noch nie getan. Sie ist aber wirklich auch ein bißchen eigenartig, wie sie da allein langsam die Straße runtergeht.

Sie kommt richtig dicht zu mir, sieht aus als ob sie sich beruhigt hätte, sie schaut mich an wie niemand sonst. Ich bin hier ich sehe sie, sie könnte mein Leben von mir verlangen.

„Aber manchmal sage ich mir, du bist wie die anderen“, sagt sie, „vielleicht taugst du auch nichts. Du hast ein ödes Leben vor dir, du denkst an nichts. Ich habe dir ja gesagt, das ist der schwache Punkt bei den Typen.“

Sie faßt sich leicht an den Kopf, als sie das sagt:

„Das hier ist das einzige, was zählt Chimo, das einzige. Alles andere ist nur Staub. Entweder hast du hier was drauf oder nicht, und ich habe gedacht du bist ein bißchen besser. Ein bißchen besser als die anderen meine ich, du verstehst.“

Es tut weh, das Ganze zu hören, außerdem weiß ich nicht was ich ihr antworten soll.

Es kommt noch schlimmer, sie sagt:

„Und ich habe gedacht, du bist mein Freund. Du kennst alle meine Geheimnisse, ich habe dir alles erzählt aber ich habe mich geirrt, du bist genauso ein Knallkopf wie alle anderen du bist eine Null.“

Sie kehrt um und geht aber nicht weit, dann dreht sie sich wieder zu mir um und sagt:

„Das Auto? Na und wenn? Darf ich etwa keine Freunde haben? Welche die mich im Auto mitnehmen wenn es mir Spaß macht? Darf ich das nicht? Geht dich das vielleicht was an?“

Ich schüttele den Kopf, nein das geht mich nichts an.

„Nur weil ichs dir einmal besorgt habe, soll dich das was angehen?“

„Nein nein“, sage ich.

Und jetzt geht auf einmal alles durcheinander, sie sagt:

„Das mit dem Teufel, was ich dir da erzählt habe, du hast doch gewußt daß das nicht wahr ist daß ich es mir ausgedacht habe, um meine Tante heißzumachen, das hast du gewußt aber du hast nichts gesagt. Warum hast du nichts gesagt?“

Ich antworte nicht.

„Du hättest den Zoff und das ganze Chaos vermeiden können, hast du aber nicht, du hast nichts gesagt. Ich habe das nur zum Spaß erzählt, ich habe meine Tante heiß machen wollen weil ich ihr Geschwätz nicht mehr aushalte. Du glaubst doch nicht selber daß es den Teufel gibt mit seinem dicken Rattenschwanz? Oder daß er hergekommen ist, wenn es ihn gibt? Spinnst du jetzt völlig oder was ist los?“

Ich habe Lust ihr zu sagen daß ich tatsächlich an den Teufel glaube. Aber sie schlägt schon wieder einen völlig anderen Ton an und lächelt mir zu, daß ich tot umfallen könnte:

„Ich habe sogar an dich gedacht, wenn ich allein war. Einmal habe ich mirs gemacht, als ich an dich gedacht habe, das brauchst du mir ja nicht zu glauben. Ich habe sogar überlegt, ob wir heiraten sollen ob wir Kinder kriegen sollen."

Jedes Wort, das sie sagt, sticht mich wie ein vergifteter Pfeil.

„Ich bin also eine kleine Hure, ja na und? Was soll ich denn machen? Weißt du was anderes für mich? Hast du mir vielleicht schon was angeboten?"

Sie sieht fast so aus, als ob sie gleich weinen würde.

Ich bin ganz fertig und zittere, sowas ist mir noch nie passiert, ich will sie nehmen und fest drücken, ja das hätte ich wahrscheinlich tun sollen aber ich habe es nicht gekonnt, ich weiß nicht warum ich das nicht gekonnt habe. Irgendwas hat mir immer noch Angst gemacht.

Als ich verstanden habe was sie gesagt hat, da war es schon zu spät. Ich hatte vergessen, wer ich bin, auch von der Kamera habe ich ihr nichts gesagt, alles vergessen. Da ist sie schon schnell weggegangen diesmal ohne sich umzudrehen, ganz allein, und ich bin auf kein Wort gekommen keine Bewegung.

So das war der beschissenste Moment in meinem ganzen Leben.

Mein Vater hat oft Sachen gesagt, die ich nicht verstanden habe und die schon sein Vater gesagt haben soll, wie der Blinde zerquetscht die Augen von seinem Kinde, oder der Wald wird mit seinem eigenen Holz verbrannt, jetzt heute abend fange ich an ein bißchen zu verstehen, wer weiß warum mein Vater weg ist wo er ist und ob er manchmal an seinen Sohn denkt, und ich werde übrigens auch weggehen, dann ist meine Mutter nochmal verlassen, aber ich koste sie bloß Geld und bringe nichts nach Hause, sie wird erleichtert sein wenn ich weg bin glaube ich.

Was mein Vater gesagt hat, das hat gestimmt, das sehe ich jetzt, ich sehe die zweite Kerze an, die brennt schon, zwei drei Insekten fliegen um die Flamme herum aber wollen nicht verbrennen, die ganze Nacht so, die Kerze wird vor ihnen verbrannt sein.

Ich weiß nicht wohin ich gehen werde ich weiß es absolut nicht, ich bin völlig leer und ich beweine meine Rasse und den ganzen Rest.

Ich erzählte das Ende schnell, ohne Entwurf, ich kann nicht lange schreiben.*

---

* Die drei letzten Seiten des Manuskripts sind voller Striche und Korrekturen und sehr schwer zu entziffern.

Endlich habe ich mich entschieden, ich habe die Kamera genommen und bin zu ihr gegangen, ihr sagen daß ich einverstanden bin, ich hoffe, sie macht mir wenigstens die Tür auf.

Das war gestern nachmittag. Samy ruft mich, als ich vor dem Campana langkomme und er sagt mir daß meine Kumpel bei ihm gewesen sind, sie hatten Knete, weil Grand Jo in Clichy vier teure Jacken verkauft hat, die er an einer Ampel aus einem Laster geklaut hat, Samy sagt mir, sie haben sich ganz schön zugeknallt und am Ende waren sie total scharf drauf, sie haben angefangen über Lila zu reden, von wegen die würde schon sehen, diese eingebildete Schlampe und warum eigentlich nicht gleich, und dann sind sie raus, das ist jetzt mindestens zwei Stunden her, seitdem keine Spur.

„Wo sind sie hin?“ frage ich ihn.

„Keine Ahnung. Zu Lila glaube ich.“

Ich weiß nicht, warum mir die Angst in den Bauch fährt, ich gehe raus und fange zu rennen an, ich gehe rein und schnell hoch, ich gehe in Lilas Wohnung, die Tür steht auf und was ich da sehe das kann ich nicht beschreiben.

Die Tante liegt in einer Ecke mit gefesselten Händen sie bewegt sich nicht, sie hat eine Plastiktüte über dem Kopf, Lila ist mit einem Strick an das Sofa gefesselt, das Sofa ist auf die Seite gekippt, Grand Jo hält Lila an den Schultern fest, sie haben ihr einen Lappen in den Mund gestopft, Mouloud will ihn ihr grade reinstecken wie es aussieht, zwei Typen aus Haus G halten ihre Beine, ihr Kopf hängt nach hinten und ihre Augen sind zu.

Ich gehe rein und zu ihnen hin, sie schauen mich an und lachen und einer von denen aus Haus G sagt kuck mal, das hat sie jetzt davon, stell dich in die Schlange, wenn du willst, ich schlage mit der Kamera zu, ich schreie ich glaube ich weiß nicht mehr was ich sage, Grand Jo und Mouloud verziehen sich fast sofort, Petit Maurice Ali und Ruben sehe ich nicht, vielleicht sind sie da aber ich sehe sie nicht, Gilbert auch nicht, der Tisch ist auch umgekippt, die Schublade rausgefallen, alles Zeug liegt am Boden, ich nehme ein Messer ich fuchtele die anderen schreien Chimo mach keine Scheiße, sie hauen ab einer nach dem anderen, da sehe ich Blut zwischen Lilas gespreizten Schenkeln, ich verstehe was das bedeutet, ich nehme den Lappen, der fällt fast von selber raus ich schneide das Seil durch, erst sagt sie nichts, sie atmet nur immer schnell schnell, dann macht sie die Augen auf und sieht mich.

Sie sieht mich mit dem Messer in der Hand dicht vor ihr, sie fängt an zu schreien du auch du auch, sie wirkt völlig ausgerastet, es sieht aus, als hätte sie auch was Rotes in den Augen, du auch und Sau Sau, das ganze Gesicht voll Entsetzen, es geht so schnell daß ich nicht weiß was ich sagen soll, ihre Tante da hinten bewegt sich ein bißchen glaube ich aber nicht genug, um aufzustehen, ich sage mir, wenigstens haben sie sie nicht umgebracht, nein sie haben sie nicht umgebracht, sie bewegt sich, ich schneide das Seil ganz durch ich halte die Hand hin ich will Lila helfen aber sie geht zurück und schreit nein nein nein, ihr Fuß stößt an die Kamera, die am Boden liegt, sie stolpert, und da habe ich einen Fehler gemacht glaube ich, ich wollte zu ihr hin um sie zu beruhigen, sie bei der Hand nehmen, ich bin zu nahe rangegangen, ich vergesse daß ich das Messer in der Hand habe, das Fenster ist schon offen, Lila schreit nein du Sau und kippt, sie fällt mit ausgestreckten Armen über das Fensterbrett, sie fällt ich sehe sie nicht mehr, ich beuge mich raus sie ist schon fünf Etagen tiefer zerschmettert ganz allein und tot, nur noch ihre Haare bewegen sich ein bißchen und dann ist da das Blut zwischen ihren Beinen von da wo ich bin sehe ich nur noch das.

Ein bißchen habe ich noch zu sagen, es ist nicht viel.

Dann bin ich runtergegangen, ich weiß nicht wie, ich erinnere mich nicht an die Treppe, ich hätte auch springen können, unten haben die Leute sie schon angeschaut ihr Kopf war zerplatzt und die Augen offen.

Sie sagten Krankenhaus die Arme Polizei.

Dann ist es sehr schnell gegangen ich erinnere mich nicht an alles, die Bullen haben mich mitgenommen, sie haben gesagt na los erzähl uns alles, du hast sie vergewaltigt zusammen mit den anderen und ihr habt sie rausgeworfen erzähl, aber die Tante hat den Kopf aus der Tüte rausgekriegt und gesagt ich bin es nicht gewesen, ein anderer auch der vom Treppenhaus aus alles gesehen hatte, ich habe alles erzählt, was ich weiß aber nur von diesem Tag, nichts von den anderen Tagen, das ist mein Geheimnis, das ist nichts für die Bullen und auch für sonst niemand.

Es ist nur für mich und zum Aufschreiben.

Die Bullen haben nichts gegen mich in der Hand, haben sie gesagt, ich kann tun was ich will ich bin frei. Es ist gut, wenn man wirklich frei ist, ich sage zu ihnen danke und auf Wiedersehen.

Samy haben sie auch verhört.

Drei oder vier haben sie festgenommen, na ja.

Und die Tante hört wohl gar nicht mehr auf zu reden, das ist das Ereignis ihres Lebens.

Das erstemal, daß ich mit dem Tod zu tun habe, das habe ich nicht erwartet.

In vier fünf Minuten geht meine Kerze aus und dann ist es dunkel und es geht Wind. Ich gehe nicht nach Hause zurück das ist beschlossene Sache, ich bleibe die Nacht über hier und warte daß die Post aufmacht und morgen schicke ich das hier irgendwohin.

Mein ganzes Leben habe ich alle gestört, ich war immer zuviel mich hätte es nie geben dürfen aber gut.

Lila war alles, Lila und das was sie gesagt hat, ich weiß nicht, ob das klar wird, das war das einzige.

Ich sehe sie jetzt nie wieder sie werden sie verbrennen hat wer gesagt, ich sehe sie nie wieder und das ist alles.